Der Heidelberger Campus-Mord

Hubert Bär

wellhöfer VERLAG

Wellhöfer Verlag
Ulrich Wellhöfer
Weinbergstraße 26
68259 Mannheim
Tel. 0621/7188167
www.wellhoefer-verlag.de

Titelgestaltung: Fa. Pixelhall, Mühlhausen
Lektorat: Nicole Fieber, Ulrich Wellhöfer
Satz: Hubert Bär, Neckargemünd; Karsten Bittner, Hoisdorf

Handlung und Personen des Romans „Der Heidelberger Campus-Mord“ sind frei erfunden. Ähnlichkeiten mit wirklichen Personen oder tatsächlichen Ereignissen sind nicht beabsichtigt, könnten sich allerdings aus der Logik des Themas ergeben.

ISBN 978-3-939540-30-4

I.

Es war, als werde er jetzt erst geboren. Es war eine schmerzlose Geburt. Kein Zwängen durch enge Gänge, keine Atemnot, kein Licht-, kein Kälteschock. Es war weniger als eine schmerzlose, es war eine fühllose Geburt. Ganz langsam tauchte er auf, trieb zwischen aufblitzenden Bildfragmenten dahin (immer wieder ein rotes Kleid), zwischen rollenden Geräuschbrocken und vorbeiwehenden Satzfetzen (»Saft- und Kraftposen des Sturm und Drangs«, »Schiller nichts ohne ihn«). Sie schwammen mit ihm, flockten mit ihm aus wie aus einer erkaltenden Lauge. Wer war er? Wo war er? Was für ein Tag war heute? Was war geschehen?

Der Raum um ihn herum angefüllt wie mit Molke. Dahinter Konturen. Sie wurden mit ihm geboren. Er gebar sie. Er brachte sie ans Licht. Und während er sich bemühte, die Eintrübung um ihn herum hinter die Konturen zurücktreten zu lassen, kamen ihm schon Zweifel. Er fragte sich, ob es nicht besser wäre, alle Konturen in den seifigen Brei zurückzustoßen, sich selbst wieder hinabzustürzen in die Gehör- und Gefühllosigkeit, in die Blindheit, in die Sprach- und Gedanken-, in die Bewusstlosigkeit.

Hätte es in seiner Macht gelegen, er hätte sich vielleicht dafür entschieden. Aber er merkte, dass er selbst getrieben wurde, herausgepresst aus diesem gestaltlosen Uterus. Der schützende Nebel zog sich zurück, entblößte ihn wie einen sensibilisierten Zahnhals. Auch die Gegenstände wurden mehr und mehr der Helligkeit preisgegeben. Schon konnte er sie erkennen: einen Schrank, einen Schreibtisch, einen Stuhl und mehrere Kartons und Kisten. Wo war er? Wer war er? Was für ein Tag war heute? Was war geschehen?

Das war s e i n Schrank. Sein Kleiderschrank. Kein Zweifel. Die schweren Hängeschiebetüren, die immer klemmten. In der Mitte der Spiegel, viel zu groß. Er erinnerte sich. Frauke hatte das Möbel einst in einem Prospekt entdeckt und, im Vergleich zu anderen Schränken, einigermaßen preiswert gefunden. Mit anderen Möbelstücken zu einer Schlafzimmerecke vereint, hatte es auch ihm gefallen – zumindest im Prospekt. In den Ausstellungsräumen des Möbelgeschäfts hatte ihn dann enttäuscht, dass dieses Arrangement wie auch die anderen Arrangements der Möbel nur Bruchstücke waren, als habe man die Zimmer, die Frauke und er sich im Prospekt erträumt hatten, auseinander gerissen, mit Gewalt zerschlagen, die Decke herausoperiert und die Wände durch eierschalenfarbene, überstrichene und tapezierte Pressspanprothesen ersetzt. Küchenecke neben Küchenecke, Wohnecke neben Wohnecke, Schlafzimmerecke neben Schlafzimmerecke. Darüber eine mit Eisenstreben durchzogene Leere. Frauke hatte darauf bestanden, den Schrank trotzdem zu kaufen, wohl in der Hoffnung, dass dieser bei ihnen zu Hause etwas von der glänzenden Prospektaura zurückgewinnen würde. Das Gegenteil war der Fall. Auch für die damaligen Räume war der Schrank viel zu groß. Ein überdimensionierter Fremdkörper in ihrer Wohnung, ein Fehlkauf, eine monströse Fehlinvestition. Die Arbeiter hatten schon beim Antransport geflucht. Mehrere Stunden hatten sie benötigt, um die Einzelteile zu montieren. Als der Schrank endlich zusammengeschraubt war, hatten sie das Weite gesucht, ohne Trinkgeld abzuwarten.

War er nicht umgezogen mit diesem Ungetüm? Dreimal umgezogen, zweimal zusammen mit Frauke. Und jetzt? Jetzt war er nicht nur umgezogen, er war ausgezogen, weg von Frauke und Helène. Und Frauke hatte gezetert, er solle gefälligst den Schrank mitnehmen, wenn er schon ausziehe. Ihn zu kaufen, sei seine Entscheidung gewesen. Das Monstrum entspreche seinem miserablen Geschmack. Sie habe dafür keine Verwendung. Für sie sei die Trennung eine Gelegenheit, neu anzufangen – ohne diesen Schrank und ohne ihn. Und er hatte diese Unterstellungen ertragen. Er hatte sie erduldet wie eine Strafe, die er auf sich nehmen müsse als Preis für die Freiheit, die verheißungsvoll winkte.

Dreimal umgezogen ist wie einmal abgebrannt. An diesem Monstrum bewahrheitete sich diese Weisheit. Fast alle Bohrungen, alle Gewinde, Scharniere, Verschlüsse waren aus- und aufgebrochen. Mit den Schrauben hatten sich bei der letzten Demontage faustgroße Stücke aus den Pressspanplatten gelöst. Wie sollte er das baufällige Ungeheuer noch einmal aus der Nische, in der es jetzt stand, entfernen? Wahrscheinlich hatte es hier seine letzte Stabilität gefunden. Eine höchst gefährdete Stabilität. Der geringste Versuch, den Schrank zu bewegen, würde ihn in einen Trümmerhaufen verwandeln.

Er lag also in seiner Wohnung. In einer Wohnung ohne Frauke, ohne Helène. Nein, seine Wohnung war das nicht. Es war die Wohnung, in die er vor ein paar Wochen eingezogen war. Er war nicht eingezogen. Genauer gesagt, hatte er nur ein paar Möbel abgestellt, fest entschlossen, bald wieder auszuziehen, der Hinfälligkeit des Kleiderschranks zum Trotz. Viele Sachen hatte er gar nicht erst ausgepackt. Deshalb die Kartons und Kisten. Keine Bilder an den Wänden. Die Stromanschlüsse: verdorrte Strünke aus der Decke. Zum Glück eine Stehlampe. Er erinnerte sich, dass er sich mit ihr behalf, indem er sie, je nach Bedarf, von Zimmer zu Zimmer trug, in die Küche, wenn er sein Frühstück vorbereitete, ins Wohn- und Arbeitszimmer, wenn er Kaffee schlürfte und Toastbrot zwischen den Zähnen zermalmte, an den Schreibtisch, wenn er arbeitete, an den Schlafzimmerschrank, wenn er sich ankleidete und überlegte, welche Klamotten er heute anziehen solle.

Durch die offene Tür sah er auf dem Schreibtisch eine fast leere Whisky-Flasche.

Er lag also in der Wohnung, die er sich kurzfristig beschafft hatte, nachdem er von zu Hause ausgezogen war, weg von Frauke und leider auch weg von Helène, das ließ sich im Moment nicht vermeiden. Später wird man, was Helène betrifft, eine Lösung finden müssen. Aber Frauke hatte er wirklich nicht mehr ertragen. Ihre Vorwürfe, dass es ihm nicht gelänge voranzukommen, dass er nicht imstande sei, seiner Familie einen angemessenen Lebensstandard zu bieten, ihre hysterischen Wutausbrüche, ihre Eifersucht. Dass er hinter den Studentinnen her sei, behauptete sie, dass er sich der Lächerlichkeit preisgebe und seine Familie demütige. Nicht nur, dass sie ihn auf Schritt und Tritt kontrollierte, dass sie ihm Fesseln anlegte, in denen er zu verkümmern drohte, sie quälte ihn mit haltlosen Anschuldigungen. Wollte er, konnte er sich das bieten lassen, er, Jochen Pfeifer?

Ja, das war sein Name: Jochen Pfeifer, wissenschaftlicher Angestellter am Literaturwissenschaftlichen Institut, noch ohne Titel, aber auf dem Weg dorthin, nämlich auf dem Weg zur Promotion. »Ich promoviere«, konnte er jedem entgegenschleudern, der sich hinterhältig nach seinem akademischen Grad erkundigte. Und er konnte hinzufügen: »Bei Professor Doktor Kögel.« Wenn es jemand noch genauer wissen wollte, dann nannte er auch das Thema seiner Dissertation, wobei er betonte, dass es sich dabei lediglich um einen ›Arbeitstitel‹ handele: *›Aspekte der Reduzierung. Über ein Motiv in der neuesten deutschen Literatur‹*. ›Promovieren‹. Ein vielseitiges Wort. Er konnte bei Professor Kögel promovieren. Aber sein Doktorvater konnte auch i h n promovieren. Wenn alles abgeschlossen sein würde, würde er sagen können: »Ich bin promoviert« oder »Ich habe promoviert«. ›Promoveo‹, ›ich werde befördert‹ oder ›ich komme voran‹. Weder das eine noch das andere entsprach den Tatsachen. Weder dass Professor Kögel ihn be- noch dass er ihn überhaupt förderte. Stattdessen unternahm sein Chef alles, um ihn von seinem akademischen Forschungsvorhaben abzulenken. Kögel deckte ihn mit Lehrverpflichtungen und mit Vertretungsaufgaben ein, ließ ihn für eigene Publikationen bibliographieren, paraphrasieren, fotokopieren und exzerpieren. Es fehlte nicht viel, und sein Chef würde ihn drängen, seinen Garten zu bestellen, sein Auto zu waschen, für seine Frau einzukaufen und auch die übrigen, täglich anfallenden Besorgungen zu verrichten. Wie sollte er da zu seiner eigenen Arbeit kommen. Er stagnierte schon seit Jahren. Ehrlicher wäre es zu verkünden, er stagniere schon seit Jahren bei Professor Doktor Kögel über das Thema ... Ehrlicherweise musste er sich auch eingestehen: Es lag nicht nur an seinem Chef, dass er nicht vorankam, sondern möglicherweise auch am Thema. Als er es ausgesucht hatte, war er überzeugt, dass er die Dissertation innerhalb von zwei Jahren vorlegen könne. Die Lektüre von Patrick Süskinds Roman *›Das Parfum‹* hatte ihn darauf gebracht. Der Autor hatte das olfaktorische Organ seines Protagonisten mit bemerkenswerten Fähigkeiten ausgestattet. In der außerordentlichen Überentwicklung des Geruchsinns auf Kosten aller übrigen Sinne glaubte Pfeifer, obwohl die Handlung im 18. Jahrhundert spielt, einen ganz besonderen Zug in der literarischen Charakterisierung des modernen Menschen entdeckt zu haben. Eine ähnliche Sicht der Dinge fand er in Robert Schneiders Roman ›*Schlafes Bruder*‹, in Marcel Beyers Buch ›*Flughunde*‹, in dem ein Tontechniker Vorgänge des Dritten Reiches aus der eingeengten Perspektive seines Berufes beschreibt, selbst in der Lyrik, wo die bisher so bilderreich und gefühlvoll besungene Natur nun mithilfe biologischer und geographischer Fachbegriffe dargestellt wird. Schwungvoll war er die Arbeit angegangen und war auch schnell auf weitere Beispiele von Vereinseitigung gestoßen. Bald aber erwies sich der Stoff als unerwartet spröde. Es ging ja nicht nur darum, in diesen literarischen Erscheinungen eine Widerspiegelung des gesellschaftlich auferlegten Spezialisierungszwangs zu erkennen und diesen Vorgang als ein besonderes Merkmal unserer Zeit herauszuarbeiten. Bei dieser Fragestellung glaubte er nicht umhin zu können, die jetzige Epoche gegen andere abgrenzen zu müssen und zu beschreiben, wann eine entsprechende Entwicklung eingesetzt hat und in welchen Vorformen sie literarisch zum Ausdruck kam. Bibliographieren, Bücher bestellen, fotokopieren, lesen, lesen, lesen. Das alles nahm mehr Zeit in Anspruch, als ursprünglich geplant. Zumal Texte, die ihm für das Thema ganz besonders bedeutend erschienen, oft schwer zu beschaffen waren, er mitunter monatelang hinter ihnen her war. Manche musste er als Mikrofilm von Übersee bestellen und mit einem speziellen Gerät entziffern. Meistens stellte sich heraus, dass sie seinen Erwartungen in keiner Weise entsprachen, dass die Lücken in seiner Theorie, die er mit bereits vorliegenden Forschungsergebnissen zu schließen hoffte, immer weiter aufrissen, dass er den Überblick über das Gelesene zu verlieren und dass die Flut der immer neuen Publikationen ihn wegzuspülen drohte. Tage-, wochen-, monatelang konnte er sich diesem Berg von gedruckten Materialien überhaupt nicht mehr nähern, ersann immer neue Vorwände, um sich nicht mit dem Thema beschäftigen zu müssen, und wenn er sich doch den einen oder anderen Text nach längeren Ruhephasen wieder vornahm, tränten ihm die Augen, sodass die Buchstaben bis zur Unleserlichkeit verschwammen. Es blieb ihm gar nichts anderes übrig, als den Blick von den Texten abzuwenden und sie aus der Hand zu legen. An besonders schlimmen Tagen fragte er sich gar, ob er den richtigen Beruf gewählt habe. Warum war er nicht Handwerker geworden: Maurer, Elektriker oder Installateur? Konkrete Probleme mit einfachen Handgriffen lösen und den Erfolg der Arbeit sehen. Wenn er handwerklich begabter gewesen wäre. Mit seinen linken Händen aber hätte er mehr Probleme geschaffen als gelöst.

Zweifel durfte er sich nicht eingestehen und sie schon gar nicht seinem Chef Kögel gegenüber äußern. Selbst mögliche Eingrenzungen seines Themas, mögliche Verlagerungen des Untersuchungsschwerpunktes, mögliche Veränderungen der Fragestellung, die sich auch auf den Titel der Arbeit ausgewirkt hätten, wagte er nicht in Erwägung zu ziehen. Kögel könnte solche Überlegungen zum Vorwand nehmen und das Lehrer-Schüler-Verhältnis kündigen. Die Aussicht auf eine baldige Promotion war die einzige Legitimation dafür, dass er weiterhin in der Funktion eines wissenschaftlichen Angestellten seinen Lebensunterhalt verdienen durfte. Und ihm fiel ein: Es drohten Schwierigkeiten. Sein Zeitvertrag lief aus, und es war fraglich, ob er verlängert würde. Möglicherweise stand seine akademische Laufbahn auf dem Spiel. Und er erinnerte sich: Darüber hatte er mit seinem Doktorvater sprechen wollen, auf dem kleinen Umtrunk, den Professor Kögel gegeben hatte, gestern Abend, für seine Assistenten, Doktoranden, einen kleinen Kreis handverlesener Studenten und für ein paar andere Gäste. Aber er war nicht an ihn herangekommen.

Jetzt hatte er es deutlich vor Augen: dieses Kleid. Ein dunkelrotes Kleid aus flauschigem Wollstoff. Nicht eng anliegend, nicht weit. Nur so weit, dass sich die Ausbuchtungen des Körpers bei bestimmten Haltungen abzeichneten und bei anderen wieder hinter dem Stoff verschwanden, als wollten sie nicht zu viel verraten. Ein erregendes Schauspiel, von dem er selbst sich kaum hatte losreißen können. Obwohl ihn Silke Brehme – jawohl es war Silke Brehme – keines Blickes gewürdigt, nur Augen für ihn hatte, für Professor Kögel. Der ließ sich wie ein Gockel von ihr umwerben, lieh ihr mit dem Sektkelch in der Hand gnädig sein Ohr. Sie beugte sich vor und zurück, gestikulierte mit der linken Hand so heftig, dass die perlende Flüssigkeit aus dem Glas zu schwappen drohte, das sie in der rechten balancierte und vom Körper weghielt. Pfeifer hatte sich in mehrfacher Weise beleidigt gefühlt. Einmal, weil Silke Brehme und Professor Kögel ihn nicht beachteten, eine doppelte Missachtung also, und durch die ungebremste Art und Weise, wie sich die Studentin an Kögel heranschmiss. Und durch die widerstandslose Entgegennahme dieser Huldigung, die in seinen Augen einer besonders schweren Beamtenbestechung gleichkam.

Er war schon versucht, sich Quast zuzuwenden, einem Honorarprofessor, von dem er sich fragte, was er auf der kleinen Party von Professor Kögel zu suchen habe. Ja, Quast saß am Tisch und verzog keine Miene. Die laufenden Gespräche schienen ihn zu langweilen. Pfeifer wusste genau, dass Quast nur darauf wartete, gefragt zu werden, ob er an einer neuen Veröffentlichung schreibe. Dann würde es aus ihm heraussprudeln. Er würde über das Thema reden, über den Umgang mit Redakteuren, Lektoren und Verlagen. Er würde lauthals beklagen, wie diese mit ihren Autoren umgingen. Es würde der Satz fallen, dass man als Autor der letzte Dreck sei. Er würde andere Fragen provozieren: Wie viele Bücher er bereits verfasst habe und über welche Themen. Und wenn sich das Gespräch vom Thema Bücher wieder abwenden würde, würde auch Quast wieder der Schweigsamkeit verfallen. Letztlich verspürte Pfeifer doch keine Lust, ihn daraus zu erlösen.

Er war von Gesprächskreis zu Gesprächskreis gependelt, auch auf der Flucht vor Jagdhaus, der wohl seinerseits Schwierigkeiten hatte, sich einer Gruppe anzuschließen. Nicht genug, dass er mit diesem Langweiler das Arbeitszimmer teilen musste, jetzt hing der ihm auch bei solchen Gelegenheiten an seinen Rockschößen. Aus purer Not kehrte er einer jeweiligen Runde den Rücken und wendete sich einer anderen zu, sobald Jagdhaus aufkreuzte. Aber auch, weil er sich für keines der zum Teil heftig diskutierten Themen begeistern konnte. Was interessierte ihn, ob ein Kunstwerk ganz ohne Publikum ein Kunstwerk sein kann, ob es aus seiner eigenen Zeit oder aus dem Jetzt heraus interpretiert werden, ob ein Interpret zwischen dem Jetzt und dem Einst hin und her schweben müsse wie Hermes in der griechischen Sage zwischen Göttern und Menschen, ob es der Systemtheorie gelungen sei, das Subjekt aus dem Erkenntnisprozess zu entfernen, oder welche Epoche auf die ›Postmoderne‹ folgen werde.

Pfeifer erinnerte sich auch, dass er einer der Ersten war, wenn nicht überhaupt der Erste, der die kleine Gesellschaft verlassen hatte. Er wäre sonst Gefahr gelaufen, sein Weinglas gegen die Wand zu schleudern, womöglich gegen einen der Heidelbergstiche, welche die Ansicht der Stadt aus verschiedenen Perspektiven und in verschiedenen Epochen wiedergaben. Oder er hätte nicht mehr an sich halten können und alle Trinkgefäße von den Tischen gefegt und das kalte Buffet umgestürzt mitsamt den belegten Brotschnittchen, den Schalen, die mit eingelegten Oliven, Artischockenherzen, getrockneten Tomaten, Gürkchen und Maiskölbchen gefüllt waren, ein solcher Zorn war in ihn gefahren. Nicht nur wegen Silke Brehme. Auch angesichts der kleinen Schar von Studentinnen und Studenten, die mit ihren Stühlen um Doktor Klaus Adam einen Halbkreis bildeten und darum wetteiferten, mit ihm ins Gespräch zu kommen. Als ob die stete Gesichtsbräune und die Dressman-Figur den Beweis für wissenschaftliche Befähigung lieferten. Dabei ist doch kaum zu übersehen, zumindest von jemandem, der literarische Augen im Kopf hat, wie sehr Adam seinem bevorzugten Forschungsobjekt nacheifert in Sprache, Haltung und Gestik, ja regelrecht versucht, in dessen Haut zu schlüpfen, der Herr Goethe-Forscher. »Alles, was Schiller war, war er durch Goethe«, hörte Pfeifer ihn lauthals dozieren. »Goethe hat aus Schiller erst einen Klassiker gemacht. Ohne den älteren Freund hätte sich der schwäbische

Dichter in seinen Saft- und Kraftposen erschöpft wie all die anderen Kollegen des Sturm und Drangs. Ich werde das beweisen.« Und die Studentinnen und Studenten um ihn herum versuchten nun ihrerseits, Adam gerecht zu werden, wenn nicht sogar ihn in seinen gestelzten Attitüden zu übertrumpfen. Besonders Jonas Puch, der sich trotz seiner jungen Jahre gab, als habe er die Weisheit mit Löffeln gefressen, als könne er vor Würde kaum einen Fuß vor den anderen setzen, obwohl die Anzüge, die er trug, nur so schlotterten und über der permanenten Krawatte ein ausgesprochenes Bubigesicht wackelte. Ein ›puer senex‹ wie er im Buche steht. Und die Sprache. Strotzend vor Peinlichkeit. Nicht nur, weil er wie seine Lehrmeister mit möglichst unverständlichen Begriffen um sich wirft, sondern weil die Begriffe ihre Herkunft, nämlich die seiner Lehrmeister, nicht verleugnen können und noch dazu oft falsch verwendet werden.

So weit funktionierte sein Kopf also wieder. Er wusste, wer er war. Er wusste, wo er war, und er konnte sich erinnern, zum Beispiel auch an den gestrigen Abend. Weitgehend zumindest. Denn es klaffte eine Lücke zwischen dem Augenblick, als er Kögels Haus verließ, und dem Moment, als er aufgewacht war. Es war kein Moment. Eher ein Prozess. Ein Prozess des langsamen Heraufdämmerns, des allmählichen Auftauchens aus dieser trüben Tunke, aus dieser Vergessenslauge, und er schwamm noch immer darin.

Und dann diese seltsame Szene. Bevor sich Pfeifer aus dem Haus seines Vorgesetzten entfernte, stürzte plötzlich Adam auf ihn zu, zwei gefüllte Sektgläser in der Hand. »Mein Lieber, Sie wollen schon gehen? Sie verlassen uns nicht, bevor wir nicht wenigstens einmal angestoßen haben. Auf unsere Zusammenarbeit.« Und Adam hatte ihm den Kelch in die Hand gedrückt. Pfeifer war erstaunt gewesen über dieses, wie er meinte, ganz und gar unangemessene Verhalten. Dennoch hatte er ihm die scheinbar kollegiale Geste nicht verwehrt.

Kögel hatte ihn zur Tür gebracht. Und als Pfeifer seinen Vorgesetzten auf die Vertragsverlängerung ansprechen wollte, hatte Kögel ihm energisch das Wort abgeschnitten und hinausgeschoben: »Nicht jetzt. Kommen Sie an einem der nächsten Tage in mein Besprechungszimmer.«

Hatte er sich sofort nach Hause begeben? War er noch einmal zurückgekehrt? Es war ihm, als habe er sein Auto im Dunkeln geparkt, unter der mächtigen, aus dem Vorgarten herausragenden Blutbuche, die mit ihren frisch belaubten Ästen das spärliche Nachtlicht abhielt. Als habe er so geparkt, dass er das Gartentor, von dem aus zwischen Büschen und Bäumen hindurch steile Treppen den Hang hinauf zu Kögels Haus führten, im Auge behalten konnte. Lange Zeit war nichts geschehen, weder dass jemand den Garten verlassen hätte, noch dass jemand hineingegangen wäre. Aber er hatte noch Licht in den Fenstern gesehen, sodass er sich entschloss, auszusteigen und sich im Schutze der Dunkelheit an die Fenster heranzupirschen. Oder hatte er das nur geträumt? Wenn ja, war der Traum hier abgebrochen. Wenn nicht, hatte sein Gedächtnis hier einen Sprung bekommen.

Musste er jetzt nicht aufstehen?

Wenn er noch einmal zurückgegangen wäre, hätte es nur in seinem beruflichen Interesse gelegen. Er hätte sich darüber Klarheit verschaffen wollen, ob Silke Brehme bei Professor Kögel über Nacht blieb. Auffällig schon, dass Kögel seine ›kleine Soiree‹, wie er sie nannte, ausgerechnet an einem Tag abhielt, an dem seine Frau außer Haus war, anderweitig verpflichtet durch einen ›actus präsentiae‹, wie er schmunzelnd betonte. Möglicherweise hatte er alle an diesem Abend versammelt, nur um Silke Brehme ins Haus zu bekommen, in welcher Absicht auch immer. Wenn sich zwischen den beiden ein vertrauliches, vielleicht gar ein intimes Verhältnis entwickelt hatte, dann war nicht auszuschließen, dass dies zu seinen Lasten ging. Silke Brehme könnte Kögel erzählen, dass er ein schlechter Dozent sei, dass sich viele Studenten über ihn beklagten, dass er ungerechte Noten gebe und dass er hinter den Studentinnen her sei, auch hinter ihr. Nur um sich wegen der vermaledeiten Semesterarbeit an ihm zu rächen. Und Kögel würde möglicherweise – vielleicht auch, um einen vermeintlichen Konkurrenten aus dem Weg zu schaffen – die anstehende Beurteilung so abfassen, dass sein befristeter Arbeitsvertrag nicht verlängert werden würde. Für ihn würde es das Ende seiner wissenschaftlichen Karriere bedeuten.

Er musste jetzt aufstehen. Er hatte Verpflichtungen im Seminar. Seinen Berechnungen nach musste heute Donnerstag sein. Und das hieß: zwei Übungen, die er abzuhalten hatte, und Sprechstunde. Kögel schätzte es nicht, wenn seine Mitarbeiter ohne Entschuldigung ihrem Arbeitsplatz fern blieben. Also sich aus der Bettdecke schälen. Die Füße auf den Boden stellen. Versuchen hochzukommen.

Der Raum schaukelte wie die Kajüte eines Schiffes bei schwerer See. Die Umgebung dehnte sich und schrumpfte, konvex und konkav wie ein Spiegelbild auf einem dünnen Blech, das hin- und hergebogen wurde. Er kam sich vor, als bewege er sich in einem Film. Er versuchte, sich zum Bad vorzutasten. Die Dusche würde den Nebel wegspülen, der um seinen Kopf waberte.

Ob Frauke jetzt mit Helène am Frühstückstisch saß? Immer mussten sie ihre Tochter dazu anhalten, ihr Müsli oder ihr Marmeladenbrot zu essen, während Helène zappelig munter drauflosplapperte. Vielleicht fragte sie auch: »Wo ist Papa?« Oder hatte sie ihn schon vergessen? Die Stehlampe in die Kochecke tragen, Kaffee kochen, Toast rösten, Butter aus dem Kühlschrank holen, Marmelade.

Dann saß er auf einem Karton Bücher vor einem anderen Karton Bücher, über den er eine Tischdecke geworfen und auf dem er sein Frühstück abgestellt hatte. Zu jedem Bissen musste er sich zwingen. Nicht nur, dass sein Körper jegliche Nahrungsaufnahme zu verweigern drohte, er schien sein ganzes Inneres durch den Rachen hindurch nach außen kehren zu wollen. Das Herz dröhnte im Kopf, zerhackte alle Gedanken. Gedankenhaschee. Auch draußen keine Klarheit, keine Konturen, keine Farben. Hinter dem diesigen Vorhang waren die Hänge des Heiligenbergs über dem Neckar kaum zu erkennen. Wie sollte er diesen Tag mit Anstand über die Runden bringen? Und niemand war da, der Mitleid mit ihm empfand und ihm beistehen könnte.

Ironie des Schicksals. Vor ein paar Wochen noch, als er in das Zwei-Zimmer-Appartement eingezogen war, hatte ihn das Gefühl uneingeschränkter Freiheit fast bersten lassen. Da hatte er geglaubt, dass ihm die Welt sozialer Beziehungen noch einmal offenstünde, dass es nur die Gebundenheit an seine Familie gewesen sei, die ihn gehindert habe, neue Bekanntschaften zu machen. In der Zwischenzeit musste er erfahren, dass sie ihm keineswegs zuflogen. Er hatte den Eindruck, als klebe der Geruch des Familienvaters nach wie vor an ihm. Schlimmer noch: Als verleihe ihm der Geruch eines verheirateten Mannes, der sich von Frau und Kind abgewendet hat, ein Stigma, das besonders weibliche Bekanntschaften auf Abstand gehen ließ. Und er hatte sich schon überlegt, ob ihm sein Schritt überhaupt zum Vorteil gereiche. Denn erst hier in seinem Zwei-Zimmer-Appartement dämmerte ihm, was er mit seiner Entscheidung aufgegeben hatte. Und dann Momente, wie zum Beispiel jetzt. Da fehlten sie ihm, Helène und auch Frauke.

War seine Entscheidung ein Fehler? Sicher, die Leidenschaft zwischen Frauke und ihm war erkaltet. Es ist ja so ungewöhnlich nicht, dass nach Jahren des Zusammenlebens das sexuelle Interesse auf der Strecke bleibt und dass Männer nach anderen, vor allem jüngeren Frauen Ausschau halten. Aber es gab auch andere Gründe. Er brauchte jemanden, um den man ihn beneidet, eine Partnerin, die ihn schmückt, die sowohl bei öffentlichen als auch bei privaten Anlässen Figur zu machen versteht und die ihm gleichzeitig den Rücken frei hält. Frauke war nicht das, was man ›die Frau an seiner Seite‹ nennt. Bei Silke Brehme könnte er sich eher vorstellen, dass sie die Rollen erfüllt, und wenn er ehrlich war, fühlte er sich auch erotisch zu ihr hingezogen. Es gab keinen Grund, dies zu leugnen. Und sie hatte ihm ja durchaus Avancen gemacht, schon bevor sie in sein Seminar kam und eine Semesterarbeit bei ihm schrieb. Aber Bier ist Bier und Schnaps ist Schnaps. Dass er sie attraktiv fand und dass er – teils geschmeichelt, teils amüsiert – verfolgte, wie sie ihn zu umgarnen suchte, war noch lange kein Grund, ihr Referat besonders gut zu bewerten. Im Gegenteil. Ihr Verhalten trug vielleicht dazu bei, dass er ihre Semesterarbeit besonders streng unter die Lupe nahm. Das war er sich schuldig. Und sie ihrerseits hatte seine Reaktion durchschaut.

Dass er sie später einmal angesprochen hatte, auf dem Karlsplatz, als sie das Palais Boisserée verließ, war ein Fehler. Dabei wollte er sie nur einladen ins Café Burkardt in der Unteren Straße, wollte ihr sein Verhalten erklären. Aber sie hatte ihn mit einer solchen Hochnäsigkeit abblitzen lassen, dass er sich fragen musste, woher sie die Kraft für so viel Verachtung nahm.

Er trat ans Fenster. Zwischen Häuserwänden eine Lücke, die den Blick frei ließ auf einen Ausschnitt der Straße. Autos stauten sich im Rhythmus einer Ampelschaltung und fuhren wieder an. Menschen, die zur Arbeit strebten, von der Arbeit kamen oder Besorgungen nachgehen wollten: Einkäufen, Bankgeschäften, einen Arzttermin wahrnehmen mussten, sich auf ein Treffen freuten. Die Doppelverglasung der Scheiben dämpfte zwar die Geräusche, was von ihnen übrig blieb, traf ihn dennoch schmerzhaft. Er müsste sich jetzt ins Seminar begeben, aber er war sich nicht sicher, ob er überhaupt einen Schritt vor die Tür schaffen würde, geschweige denn, dass er einen Tag im Institut durchstand. Weder die Dusche noch der Kaffee hatten die Wolken in seinem Kopf gelichtet, hatten die Übelkeit vertrieben. Im Gegenteil. Und das laute Pochen in seiner Brust war kaum noch zu ertragen. Dass er eine jämmerliche Figur abgeben würde, konnte er sich jetzt am wenigsten leisten.

Pfeifer schluckte zwei Aspirin und spülte sie mit Wasser hinunter. Dann griff er zum Telefon. Gegen die Häckselmaschine in seinem Kopf war kaum anzukommen. Nur unter großer Anstrengung gelang es ihm, Wörter hervorzupressen. Und während er sprach, hörte er diese von Elend getränkte Stimme, die seine war: Die zwei Übungen und die Sprechstunde heute müsse er leider absagen.

»Sie auch«, flötete Frau Gerling. »Heute scheint ja eine regelrechte Epidemie ausgebrochen zu sein.«

»Wer hat sich denn noch krankgemeldet?«, quetschte Pfeifer hervor.

»Der Chef höchstpersönlich – und Doktor Adam. Übrigens hat der Chef verfügt, dass Sie sein Seminar abhalten sollen. Daraus wird ja wohl nichts, wenn Sie sich auch krankmelden.«

Er hätte diese Aufgabe ja gern übernommen, aber es gehe beim besten Willen nicht, beeilte sich Pfeifer zu beteuern. Er legte auf. Er verbrachte noch eine Weile vor dem Telefon. Was sollte er anfangen mit diesem kaputten Tag? Er würde sich nicht einmal bei den Kolleginnen und Kollegen zeigen können, mit denen er sich gewöhnlich zum Mittagessen traf. Dem Himmel sei Dank, keine weiteren Termine, auch nicht bei seinem Therapeuten. Vielleicht würde es ihm gelingen, mit seiner Dissertation weiterzukommen oder ein paar Semesterarbeiten zu korrigieren oder einen der Aufsätze zu lesen, die sich in Form von Fotokopien auf seinem Schreibtisch türmten. Zunächst aber würde er einkaufen müssen, auch wenn sein Körper die Notwendigkeit eines Nahrungsmittelvorrats im Augenblick nicht einsehen mochte. Zum Glück war es nicht weit bis zum Supermarkt.

II.

Noch bevor Pfeifer die Türklinke drückte, war es ihm gegenwärtig: das Besprechungs- und Arbeitszimmer seines Chefs, Professor Doktor Kögel. Rechts, neben der Tür, an der Wand reihten sich im Regal die abgegriffenen und verkratzten Lederrücken altertümlicher Bücher, Erstausgaben oder zumindest Ausgaben letzter Hand aus dem siebzehnten und achtzehnten Jahrhundert, Exemplare, die jedes bibliophile Herz höher schlagen lassen. Kögel betrachtete es als eine besondere Gunst, die er einem Gast gewährte, wenn er ihn in diese Sammlung einweihte und sich mit ihm über die Geschichte der einzelnen Bände unterhielt. Wehe, wer eine Erstausgabe von Martin Opitz oder die Ausgabe letzter Hand der ›Sämtlichen Werke von Christoph Martin Wieland‹ nicht zu würdigen wusste. Anderen gegenüber behauptete Kögel mit aller Entschiedenheit, dass solche Menschen keine Ahnung hätten und dass sie es nicht wert seien, sich mit Büchern befassen zu dürfen.

Dem Regal gegenüber, in einer dunklen Ecke: die Couch, um die sich viele Vermutungen rankten. War das Möbelstück geeignet, darauf Studentinnen zu verführen, und hatte sich dort vielleicht auch Silke Brehme gerekelt? Oder war der Ort nur der Grund für die stets souveräne Ausgeruhtheit des Professors?

Dass Kögel trotz seines fortgeschrittenen Alters durch eine sportlich-athletische Gestalt beeindruckte, musste man ihm zugestehen. Und dass er trotz seines Status als ehrenhaftes Familienoberhaupt und Vater zweier erwachsener Töchter und trotz seiner achtundfünfzig Jahre hinter den Studentinnen her war, ließ sich wohl schwerlich leugnen. Ebenso wenig ließ sich leugnen, dass er auf die jungen Damen durchaus noch Eindruck machte. Schließlich hatte er allerhand zu bieten. Nicht nur die Macht über einen glückenden oder missglückenden Start von Karrieren, die Aura eines durch und durch gebildeten und rhetorisch versierten Plauderers, sondern auch eine respektable, durchtrainierte

Erscheinung. Ob es ihm nur darum ging, mit dem Nachweis seiner Wirkung auf weibliche Personen, die seine Kinder sein konnten, seine Eitelkeit zu befriedigen, oder ob er weiter ging, darüber konnte spekuliert werden. Es gab Indizien, aber keine Beweise. Gerne pflegte er am frühen Nachmittag mit einer seiner Studentinnen spazieren zu gehen. So auch mit Silke Brehme. Einmal sah ihn Pfeifer, nachdem das Seminargebäude bereits geschlossen war – er war zurückgekehrt, weil er ein wichtiges Buch vergessen hatte – mit Silke Brehme aus seinem Arbeits- und Besprechungszimmer kommen. Aus solchem Gebaren machte Kögel auch kein Geheimnis. Man konnte sich des Verdachts nicht erwehren, er inszeniere solche Vorkommnisse, um damit sein Image zu pflegen. Der Umstand, dass er gebunden war, schien ihn jedenfalls vor allzu einnehmenden Ansprüchen zu schützen. Er wäre aber auch geeignet, dramatische Konflikte heraufzubeschwören.

Als Pfeifer die Klinke drückte, waren ihm auch die vielen Demütigungen gegenwärtig, die er durch Kögel erleiden musste. Als besondere Form der Erniedrigung empfand er es, wenn sein Chef ihn aufforderte, für ihn einzuspringen, für ihn Seminare zu halten, Prüfungen zu beaufsichtigen, Semesterarbeiten zu korrigieren und zu begutachten, Bücher für ihn zu lesen, zusammenzufassen, ja manchmal ganze Aufsätze zu schreiben, die Kögel dann kurz überflog und mit seinem Namen unterzeichnete. Reichlicher als Professor Kögel konnte man die Möglichkeiten der beruflichen Position wohl kaum nutzen. Er, der seine Untergebenen weit über die Grenzen des Üblichen hinaus für sich schuften ließ, genoss in regelmäßigen Abständen Forschungssemester, ohne dass die Freistellungen wissenschaftlich einen ersichtlichen Niederschlag fanden. Er ließ sich zu Gastprofessuren in andere Länder und zu Vorträgen an andere Universitäten einladen. Potenziellen Kritikern gegenüber machte er geltend, dass er als Wissenschaftler eben sehr gefragt sei. Solche Einladungen entsprangen doch nicht dem Interesse an einer wissenschaftlich anerkannten Kapazität. Was sich hier in schönster Anschaulichkeit entfaltete, war nichts anderes als das viel gepriesene Prinzip der Reziprozität. Und das musste Pfeifer seinem Chef zugestehen, dass er die Möglichkeit, Gastprofessoren oder Referenten einzuladen, selbst voll ausschöpfte. Und Pfeifer wusste auch, dass sein Chef, wenn sich daraus nicht automatisch eine Gegenleistung ergab, diese vehement einfordern konnte. Hatte er, Pfeifer, nach einem Vortrag des Präsidenten der ›Deutschen Akademie für Sprache und Dichtung‹, den Kögel mit initiiert hatte, nicht zufällig selbst gehört, wie sein Vorgesetzter den Referenten inständig bat, sich für seine Aufnahme in den erlauchten Kreis einzusetzen? Und die Strategie war aufgegangen. Danach wurde Kögel nicht müde zu betonen, dass er berufen worden sei, dass man sich auf eine Mitgliedschaft nicht bewerben, also selbst nicht aktiv werden könne.

Der Gedanke, dass die Betreuung seiner Studenten unter der häufigen Abwesenheit leiden könne, schien Kögel offensichtlich nicht nur fern, sondern überhaupt nicht zu kommen. So ließ er sich doch vor Kurzem dazu hinreißen, im engeren Kreis zu tönen: Im Prinzip genüge es, dass sein Name im Vorlesungsverzeichnis stehe, um die Studenten zu motivieren.

Jetzt thronte Kögel hinter seinem Schreibtisch, wie immer in ebenso korrekter Haltung wie Kleidung. Und Pfeifer dachte daran, dass von seinem Chef gemunkelt wurde, er sei in jüngeren Jahren, als Assistent, im Gammellook herumgelaufen, habe das Haar lang getragen und versucht, die Studenten zu duzen. Erst später, als er merkte, dass diese Masche out war, habe er eine radikale Kehrtwendung vollzogen. Jetzt toupierte er sich das Haar zur Künstlermähne und pflegte das Image eines Duodezfürsten.

Kögel forderte Pfeifer mit einer so weit ausholenden Handbewegung auf, Platz zu nehmen, dass er schon daran die ironisch verbrämte Verachtung seiner Person hätte erkennen müssen. Noch dazu machte Kögel einen ausgeruhten, das heißt äußerst stabilen Eindruck. Nichts deutete darauf hin, dass ihm irgendwelche Vorkommnisse der letzten Zeit den Schlaf geraubt und seine Selbstsicherheit auch nur im Geringsten angekratzt hätten.

»Es scheint Ihnen auf meiner kleinen Soiree nicht sonderlich gefallen zu haben«, eröffnete Kögel das Gespräch. Wie um den überraschend strengen Ton zu unterstreichen, zupfte er die Krawatte zurecht und straffte das Jackett. Pfeifer wusste, dass die Beine unterm Schreibtisch in sehr engen Hosen steckten. Kögel schien Wert darauf zu legen, dass die ohnehin langen Extremitäten optisch noch verlängert wurden, auch wenn er sich in den engen Röhren nur stelzend fortbewegen konnte.

»Es hat mir sehr wohl gefallen«, beeilte sich Pfeifer zu beteuern und spürte, dass er gegen einen Kloß in seiner Kehle ankämpfen musste, der seine Stimme mit Heiserkeit überzog: »Ich hatte mir an diesem Abend durch irgendetwas den Magen verdorben. Und ich hatte auch am nächsten Tag noch darunter zu leiden, weshalb ich meinen Dienstpflichten nicht nachkommen konnte. Ich musste mich bei Frau Gerling aus Krankheitsgründen entschuldigen.«

Kögel zupfte an den Manschetten seines blauweiß gestreiften Hemdes, sodass die goldenen Knöpfe zum Vorschein kamen. »Und Sie hätten an diesem Tag mein Seminar übernehmen sollen.«

»Natürlich sind mir solche Aufgaben immer eine große Ehre, aber manchmal macht einem die Gesundheit einen Strich durch die Rechnung. Ich bin sicher, dass Ihr Seminar bei meinem Kollegen Doktor Adam in guten Händen lag.« Pfeifer blickte Kögel kurz ins Gesicht, gespannt darauf, wie er auf diese Bemerkung reagieren würde. Ihre Blicke kreuzten sich wie geschärfte Klingen. Pfeifer war sich sicher, dass Kögel die versuchte Stichelei durchschaut hatte. Offensichtlich lag es unter Kögels Würde, darauf zu reagieren. Pfeifer bereute seine Bemerkung, fand aber nicht schnell genug den Dreh, sie zu relativieren.

»Lassen wir das.« Kögel vollführte eine verächtlich wegwerfende Handbewegung. »Wir wollen dem Ganzen nicht mehr Bedeutung beimessen, als ihm zukommt. Schön, dass Sie überhaupt wieder einmal den Weg in mein Arbeitszimmer gefunden haben und mir Gelegenheit geben, mich etwas mit Ihnen zu unterhalten. Manchmal habe ich den Eindruck, Sie gehen mir aus dem Weg. So hatte ich zum Beispiel noch gar keine Gelegenheit, Sie zu fragen, was Sie von der ganzen Diskussion über die Anstrengungen unserer ehrwürdigen ›Alma Mater‹ halten, den ›Elite-Status‹ zu erlangen.«

Pfeifer überlegte. Wie sollte er die unterschwelligen Anschuldigungen seines Vorgesetzten interpretieren? Als Vorwurf, dass er sich zu wenig andiene? Dass er sich davor drücke, von ihm mit Arbeit belastet zu werden? Nie hatte sich Kögel gescheut, ihn antreten zu lassen, wenn er einen Auftrag für ihn hatte. Warum also jetzt solche hinterhältigen Spitzen? Wie auch immer. Am besten, nicht hinhören. Sich ganz auf die Frage nach dem Standpunkt in der Elite-Diskussion konzentrieren. Auf keinen Fall der Versuchung nachgeben und gestehen, wie sehr ihn dieses Thema anwiderte. Er wusste, dass sein Vorgesetzter das Prinzip einer starken Hierarchisierung guthieß und sich selbst natürlich zur absoluten Spitze zählte. Pfeifer konnte gar nicht anders, als das Prinzip zu preisen, wollte er nicht seine Existenz aufs Spiel setzen, und zwar sowohl seine akademische als auch seine ökonomische. Innerlich hatte er natürlich triumphiert, als offenbar wurde, dass die Heidelberger Universität die Verleihung des offiziellen Etiketts verfehlte. Die Fassungslosigkeit des akademischen Lehrkörpers und weiter Kreise der kommunalen Öffentlichkeit konnte er nur mit heimlicher Häme quittieren. Warum waren sie sich alle der Auszeichnung so sicher gewesen? Warum konnten sie die schmähliche Niederlage noch immer nicht begreifen? Jetzt die fieberhafte Suche nach Sündenböcken. Auch dabei galt es, sich auf die richtige Seite zu schlagen.

Pfeifer versuchte, seine Stimme zu festigen und ihr mehr Entschlossenheit zu verleihen: »Ich bin für Elite. Ich habe mich immer dazu bekannt. Die Menschen sind nun einmal unterschiedlich begabt. Die einen sind hochintelligent, die anderen weniger. Die einen besitzen eine schnelle Auffassungsgabe, andere stehen grundsätzlich auf der Leitung. Einige sind fleißig, andere faul. Einige können lange arbeiten, andere ermüden schnell. Und natürlich sollten Universitäten so strukturiert sein, dass die Besten gefördert werden.«

»Und daran hapert es bei uns«, fiel ihm Kögel ins Wort. »Unser Bildungssystem kommt wie in kaum einem anderen Land der breiten Masse zugute. Wir betreiben eine Förderung der Mittelmäßigen. Die Hochleistung bleibt dabei auf der Strecke.«

»Da kann ich Ihnen nur zustimmen«, hörte sich Pfeifer sagen und dachte: ›Jetzt kommt sicher das Beispiel England.‹

»Was uns fehlt«, fuhr Kögel fort, »sind Einrichtungen wie die Public Schools in England, geförderte Privatschulen für die Besten der Gesellschaft.«

›Das würde dir so passen‹, schoss es Pfeifer durch den Kopf. ›Privatschulen für die Bälger der Reichen, finanziert von den Steuern der breiten Bevölkerung.‹ Laut sagte er: »Und Elite-Universitäten wie Oxford und Cambridge.«

»Oder wie Harvard, Princeton, Yale und Stanford in den USA«, ergänzte Kögel. »Die dürften auch durchaus etwas kosten. Wer gute Bildung bekommen will, muss auch bereit sein, dafür Opfer zu bringen.«

»Zum Glück hat man ja nun auch bei uns angefangen, Studiengebühren einzuführen«, pflichtete Pfeifer seinem Vorgesetzten bei.

»Leider in einem viel zu geringen Ausmaß. Die jetzigen Gebühren sind ein Tropfen auf den heißen Stein. Mindestens das Vier- oder Fünffache wäre angemessen.« Ein Anflug von Zornesröte huschte über Kögels Gesicht.

»Andererseits darf der Staat, wie ich meine, nicht ganz aus der Finanzierung der Bildung entlassen werden. Manchmal habe ich den Verdacht: Was sich bei uns hinter dem Programm ›Elite-Universität‹ verbirgt, ist keine Förderung der Besten, sondern ein kaschiertes Sparprogramm.«

Kögel legte den Zeigefinger an den Mund, an diesen breiten Mund, dessen Winkel im Ausdruck von Ernst, und den hatte Kögel jetzt aufgelegt, nicht nach oben und nicht nach unten gebogen waren, aber jeweils von einer scharfen Falte begrenzt wurden, die sich bis zu den Nasenflügeln hinaufzog. Er musterte Pfeifer, als müsse er für den Intelligenzgrad dieser Antwort Punkte vergeben.

»Wenn man die Professoren dazu anhält«, fuhr Pfeifer fort, »Drittmittel einzuwerben, dann kann das nur als Versuch verstanden werden, die Verknappung öffentlicher Gelder zu vertuschen, die Kosten einer guten Forschung und einer guten Lehre zu verlagern, das heißt, den Staat aus seiner Verantwortung zu entlassen.«

»Was haben Sie gegen Drittmittelwerbung?« Kögel runzelte die Stirn.

»Natürlich nichts. Im Gegenteil. Je mehr Mittel den Universitäten zur Verfügung gestellt werden, umso größer die Chance, dass sie ihren Aufgaben genügen. Ich bin nur dagegen, die Geldbeschaffung den Professoren aufzubürden. In den Staaten, so habe ich gehört, handhabt man dieses Problem anders. Dort werden dafür Spezialisten abgestellt. Die Professoren werden davon frei gehalten. Eine sehr vernünftige Regelung, wie ich meine.«

»Da haben Sie recht.« Kögel nickte eher gnädig als zustimmend. »Dennoch. Die Dinge sind, wie sie sind. Auch bei einer Verknappung der öffentlichen Gelder bleibt die Frage, wie der große Kuchen aufgeteilt wird. Und da ist es schon ein Vorteil, mit dem ›Elite-Status‹ ausgezeichnet zu werden. Und eben dieses Prädikat hat man uns nun vorenthalten.«

»Natürlich hätten wir als Gesamtuniversität den Titel verdient, so wie wir aufgestellt sind. Und wenn man unser internationales Renommee in Rechnung stellt.« Pfeifer sah zum Fenster hinaus über den Karlsplatz hinauf zum Schloss, dessen mächtige Gemäuer wie eine Bedrohung am steilen Hang hingen. »Ich meine, bei der Entscheidung, uns nicht zu berücksichtigen, haben nicht nur sachliche Aspekte eine Rolle gespielt. Wer weiß, welche Seilschaften da am Zuge waren.«

Kögel blickte über Pfeifers Kopf hinweg: »Es wird gemunkelt, die Geisteswissenschaften, und dazu gehören auch wir, würden internationalen Ansprüchen nicht im erforderlichen Maße gerecht werden. Dieses Manko habe letztlich den Ausschlag für die Verweigerung des Elite-Status gegeben.«

Pfeifer spürte, wie ihm das Blut aus dem Gesicht wich. Er war sich darüber im Klaren, welcher Angriff jetzt auf ihn zukommen könnte. Wenn es gelänge, den Geisteswissenschaften den schwarzen Peter zuzuschieben, dann würde man sie auch im Haushalt mit weniger Etat-Mitteln bedenken. Dann wären Stellen bedroht und nicht zuletzt seine. Dass er selbst vor dem Anspruch einer internationalen Anerkennung nicht bestehen würde, käme Kögel nie in den Sinn. Und wenn ihn doch diesbezüglich eine böse Ahnung befiele, würde er sofort alle ihm zur Verfügung stehenden Machtinstrumente einsetzen, um den Vorwurf von sich abzuwenden. Er würde andere über die Klinge springen lassen. Als Ersten wohl ihn, Jochen Pfeifer.

»Es wird auch gemunkelt«, konterte Pfeifer, »das Rektorat sei sich seiner Sache zu sicher gewesen und habe die Anträge nicht mit der nötigen Sorgfalt ausgearbeitet. Auf jeden Fall war es ein Fehler, sich schon im Vorfeld zur Elite-Uni zu erklären. Damit hat man den Spott, der uns jetzt trifft, geradezu provoziert.«

Ein gefälliges Lächeln huschte über Kögels Gesicht. Offensichtlich hatte Pfeifer mit seiner Bemerkung einen für seinen Vorgesetzten schmeichelhaften Argumentationsstrang getroffen, einen Nerv, der sein Selbstbewusstsein in angenehmer Weise stimulierte. Dass dem Rektor der Universität Fehler bei der Bewerbung nachgesagt wurden, schwächte nicht nur dessen Position, sondern die Position von allen, die mit ihm kungelten. Besonders enge Verbindungen zum Rektorat musste sich Kögel nicht vorwerfen lassen. Er mochte es bisher bedauert haben, nicht zum Kreis der Bevorzugten zu gehören (das waren in der Hauptsache Naturwissenschaftler), jetzt konnte er sich darüber freuen. So jedenfalls kalkulierte Pfeifer. Hatte er sich verrechnet?

Kögel trug nun einen bedrohlichen Ernst zur Schau. »Die Gefahr besteht, dass die Situation genutzt wird, um den Naturwissenschaften noch mehr vom großen Kuchen zukommen zu lassen«, dozierte er Richtung Fenster, und Pfeifer folgte seinem Blick. Auf dem Karlsplatz eine Gruppe japanischer Touristen, die sich um eine junge Frau scharten. Die Frau hielt eine kleine weiße Fahne mit einem roten Punkt in die Höhe und deutete mit der anderen Hand Richtung Schloss. Sofort zückten die sie umgebenden Menschen ihre Fotoapparate und schickten ein Blitzlichtgewitter zu dem alten, zum Teil eingerüsteten Gemäuer hinauf. »Dann müssen wir uns natürlich fragen, was können wir dem entgegnen?«, hörte Pfeifer Kögel sagen. »Was haben wir zu bieten?«

Pfeifer spürte die Gefahr. Kögel hätte genauso gut fragen können: ›Was haben Sie zu bieten?‹ Es war wohl ein letzter Rest Höflichkeit, der ihn davon abhielt. Für Pfeifer noch eine Chance.

»Wir haben doch einiges zu bieten, wenn ich zum Beispiel an Ihre Forschungsprojekte denke, an die Hamann-Forschung oder an die Edition der Gesamtausgabe von Martin Walser, um nur zwei Beispiele zu nennen. Projekte, denen die internationale Aufmerksamkeit nicht versagt geblieben ist.«

»Na, ja! Manchmal hätte ich mir diesbezüglich noch etwas mehr Aufmerksamkeit gewünscht.« Kögel senkte in einer gespielten Demutsgeste den Kopf.

»Und wir haben doch auch einiges geleistet, um das Ansehen der ehrwürdigen ›Alma Mater‹ zu mehren. Wir haben die Heidelberger Poetik-Dozentur ins Leben gerufen ...«

»Auch da gräbt man uns jetzt das Wasser ab.«

»Wir haben uns entscheidend an der Vergabe des Brentano-Preises beteiligt.«

»Die Stadt will die Vergabe des Preises aus finanziellen Gründen vorerst aussetzen.«

»Das ist es ja«, ereiferte sich Pfeifer. »Ich meine, wir könnten noch viel mehr leisten, wenn man uns die personelle und materielle Ausstattung dafür zur Verfügung stellen würde. Stattdessen wird an allen Enden und Ecken gekürzt. Statt forschen zu können, werden Koryphäen wie Sie übermäßig mit Lehraufgaben belastet. In Amerika, so habe ich gehört, betreut ein Professor durchschnittlich fünf Studenten. Bei uns in den Geisteswissenschaften sind es Hunderte. Meistens kennen die Professoren nicht einmal den Namen ihrer Schüler. Wie soll da ein persönliches Verhältnis aufgebaut werden? Begabungsressourcen werden verschüttet, weil nicht genügend Stellen geschaffen werden.«

Hier geriet Pfeifer ins Stocken. Blitzschnell überlegte er, ob der Moment geeignet wäre, Kögel um Verlängerung seines Vertrages zu bitten. Er beschloss, aufs Ganze zu gehen:

»Zum Beispiel, wenn meine Stelle jetzt gestrichen würde, wären vier Jahre intensivster Forschungsarbeit umsonst. Ein großes Maß wissenschaftlicher Energie, in die der Staat ja viele Jahre investiert hat, würde wirkungslos verpuffen. Dabei bin ich gerade in letzter Zeit in meiner Forschung auf sehr interessante Neuigkeiten gestoßen. Die Fachwelt wird staunen. Aber ich brauche noch etwas Zeit, um die Ergebnisse zu verarbeiten, um die Darstellung abzurunden. Und nun ist es so, dass mein Vertrag Ende des Semesters ausläuft.«

Kögel massierte mit der Linken das Kinn, tat so, als müsse er angestrengt nachdenken. Dann krächzte er wie in heimlichem Schmerz: »So, wie die Dinge stehen, kann ich Ihnen eine Verlängerung nicht zusagen, mein Lieber. Um ganz ehrlich zu sein: Ich wurde von höherer Stelle gebeten, Sparmaßnahmen zu treffen. Konkret: Möglichst eine Stelle zu streichen. Nun habe ich ja nur noch drei Stellen, die meinem Lehrstuhl zugeordnet sind, die von Doktor Adam, von Jagdhaus und Ihre. Wollen Sie, dass ich Doktor Adam entlasse, obwohl er der Ältere ist? Und Jagdhaus ist auf dem besten Wege, ein renommierter Wissenschaftler zu werden. Seine Doktorarbeit ist fast abgeschlossen. Hören Sie, mein Lieber. Doktor Adam wird sich bald habilitieren. Und soweit ich das sehe, wird er eine ganz sensationelle Schrift vorlegen. Er wird nicht nur zeigen, dass Goethe seinen Freund Schiller weit über das bisher bekannte Maß hinaus unterstützt hat. Er wird beweisen, dass der schwäbische Dichter nur durch den Weimarer Hofrat zu einem Klassiker geworden ist. Die Verlage reißen sich jetzt schon um das Manuskript. Mit dem zu erwartenden Buch wird er Furore machen. Mit Sicherheit wird er bald einen Ruf erhalten. Dann könnten Sie seine Stelle übernehmen. In der Zwischenzeit aber ... Vielleicht gelingt es mir, neue finanzielle Quellen anzuzapfen. Da sind ja noch die neuen Einkommen durch die Studiengebühren. Vielleicht werden sie doch bald erhöht. Dann könnten wir damit eine neue Stelle schaffen. Es ist noch nichts entschieden. Vertrauen Sie mir. Was in meinen Kräften steht, werde ich tun.«

Kögel stand auf, stakste an Pfeifer vorbei und öffnete demonstrativ die Tür. Pfeifer blieb nichts anderes übrig, als sich ebenfalls zu erheben. Als Kögel ihm im Türrahmen die Hand entgegenstreckte, fiel Pfeifers Blick auf den faltigen Hals mit dem stark hervortretenden Adamsapfel. Er verspürte große Lust, beide Hände um die schlaffe Haut zu schlingen und mit beiden Daumen fest auf den hervortretenden Knorpel zu drücken. Aber Kögel hatte ihn hinausgeschoben und die Tür schon geschlossen.

Benommen machte sich Pfeifer auf den Weg zu seinem Arbeitszimmer. Auf dem Treppenabsatz hatte sich eine Gruppe von Studentinnen und Studenten versammelt, die allesamt einen betroffenen Eindruck machten. Im Vorbeigehen verstand er Satzfetzen: »Silke ...«, »... verschwunden ...«, »... Vermisstenanzeige ...«. Unwillkürlich verharrte er einen Moment, drehte sich um. Die Gesichter waren ihm nicht unbekannt, aber in der Gruppe befand sich niemand, den er offiziell hätte begrüßen und fragen dürfen, ob es etwas Neues gäbe. Also zwang er sich weiterzugehen, die Treppe hinab ins zweite Stockwerk, in dem sein Arbeitszimmer lag, das er mit dem Kollegen Jagdhaus teilte. Mit Erleichterung stellte er fest, dass er nicht anwesend war, der Herr Kollege. Pfeifer flüchtete sich hinter seinen Schreibtisch. Er hatte sich kaum niedergelassen, da klopfte es. In der Tür stand Doktor Klaus Adam.

»Ich habe Sie gerade kommen sehen und da habe ich gedacht, ich schaue mal schnell vorbei. Haben Sie schon gehört? Silke Brehme ist verschwunden.«

Pfeifer tat, als müsse er überlegen: »Brehme? Brehme?« Dann lehnte er sich demonstrativ genüsslich auf seinem Stuhl zurück: »Ach, Frau Brehme. Aber sie war doch vor ein paar Tagen noch auf der Soiree unseres Chefs und dort sehr munter. Und was heißt überhaupt ›verschwunden‹?«

»Eine Freundin wollte sich mit ihr treffen und hat versucht, sie per Handy zu erreichen. Frau Brehme hat aber nicht abgenommen. Die Freundin ist zur Wohnung von Frau Brehme gegangen. Die Tür war verschlossen. Sie hat mit Bekannten von Frau Brehme telefoniert. Niemand hat sie in den letzten Tagen gesehen oder sonst irgendwie Kontakt zu ihr gehabt. Schließlich hat die Freundin Frau Brehmes Eltern angerufen. Auch sie wussten nichts über den Verbleib ihrer Tochter. Die Sache schien Freunden und Eltern so ungewöhnlich, dass sie sich zu einer offiziellen Vermisstenanzeige durchgerungen haben.«

»Vielleicht hat sie sich einfach für ein paar Tage zurückgezogen oder unternimmt einen Kurztrip mit einer neuen Bekanntschaft.« Pfeifer sah keinen Grund, Adam einen Stuhl anzubieten.

»Aber es scheint nicht ihre Art zu sein. Außerdem sollte sie in meinem Seminar ein Referat halten. Sie hätte sich, wenn es ihr möglich gewesen wäre, zumindest entschuldigen müssen. Nein, es muss etwas Ernstes passiert sein.«

»Haben Sie eine Vermutung?«

Adam blickte Pfeifer lange an. Dann mit gedämpfter Stimme: »Sie muss nach der kleinen Abendgesellschaft unseres Chefs verschwunden sein. Jedenfalls scheint sie danach niemand mehr getroffen zu haben.«

»Wie Sie sich vielleicht erinnern, war ich der Erste, der sich verabschiedet hat. Was danach geschehen ist, entzieht sich meiner Kenntnis. Da müssten Sie besser informiert sein als ich.«

»Ich bin zwar noch eine Weile geblieben, aber ebenfalls vor Frau Brehme gegangen«. Adam betonte das Wörtchen ›vor‹. »Ich weiß also nicht, wann sie das Haus verlassen hat.«

»Und ob sie es überhaupt verlassen hat«, grinste Pfeifer.

»Wie meinen Sie das?«

»Ich meine, Frau Brehme hat sich ziemlich an unseren Chef herangeschmissen. Und Kögel ist auch nur ein Mensch. Und er war an diesem Abend allein im Hause.«

Adam sah Pfeifer prüfend an. Dann flüsterte er: »Ich habe, als ich ging, eine merkwürdige Beobachtung gemacht. Es schien mir, als ob Ihr Wagen im Nachtschatten des großen Baumes parkte, der sich vor Kögels Grundstück auf die Straße hinaus beugt. Und ich glaube auch bemerkt zu haben, dass jemand im

Auto saß. Sind Sie sicher, dass Sie, nachdem Sie sich verabschiedet hatten, nicht zurückgekehrt sind?«

»Wie meinen Sie das?«

Adam beschwörend: »Frau Brehme hat mir erzählt, dass sie sich von Ihnen verfolgt fühle.« Dann schwenkte er um: »Aber was sich junge Frauen nicht alles so einbilden. Jedenfalls gehören wir mit zu denen, die sie zuletzt gesehen haben.«

»Und natürlich unser Chef«, grinste Pfeifer. »Und dass sie sich durch mich verfolgt fühlt, grenzt schon an Paranoia.«

»Ich dachte, ich sage es Ihnen. Es könnte ja sein, dass die Polizei auf uns zukommt. Aber ich will nicht weiter stören.« Adam hatte die Tür schon geöffnet und zog sich zurück.

Kaum allein, lief Pfeifer, von Unruhe getrieben, auf und ab. Die Wände des Zimmers setzten seinen Schritten enge Grenzen. Seine Gedanken aber schweiften aus. Worüber sollte er sich zuerst Klarheit verschaffen? Darüber, dass Kögel seinen Vertrag nicht verlängern wollte? Über die Intrige von Silke Brehme, die ihn offensichtlich hinter seinem Rücken angeschwärzt hatte? Darüber, dass sie verschwunden zu sein schien? Oder darüber, dass er nicht wusste, wie er in der besagten Nacht nach Hause gekommen oder ob er vielleicht doch zurückgekehrt war? Vielleicht hing das alles miteinander zusammen. Möglicherweise wollte Kögel ihn rausschmeißen, weil er glaubte, sich damit eines vermeintlichen Mitbewerbers um Silke Brehme entledigen zu können. Und Silke Brehme förderte die Bestrebungen, um sich für die schlechte Note, die er ihr einstmals erteilt hatte, zu rächen. Warum aber war sie verschwunden? Und was beziehungsweise wer konnte dahinter stecken? War er selbst in diese Vorkommnisse verwickelt? Auch wenn ihm ein Stück Erinnerung fehlte, vorstellen konnte er sich das nicht. Kögel? Ist ihm die Studentin vielleicht zu aufdringlich geworden? Erwartete sie vielleicht ein Kind von ihm? Hatte er die ganze Soiree inszeniert, um sie, ohne sich verdächtig zu machen, ins Haus zu locken? Hatte sie geglaubt, bei ihm über Nacht bleiben zu können und hatte er sie dann umgebracht? Wenn das zutreffen würde, müsste es für seine drohende Entlassung andere Gründe geben. Kögel wollte ihn loswerden, so oder so. Das war ein Fakt. Alles andere hatte ihn nicht zu interessieren. Wenn jemand ins Jenseits zu befördern wäre, dann Kögel. Ja, er verspürte große Lust dazu und er fragte sich, warum er diesem Drang nicht nachgeben solle.

Es wäre nicht klug? Wenn er Kögel beseitigen würde, müsste der Lehrstuhl neu besetzt werden. Und ein Bewerber würde auf jeden Fall seine eigene Mannschaft mitbringen. Das ist nun einmal üblich. Das hieße, seine Tage an der Universität wären mit Sicherheit gezählt. Und an einer anderen Uni hätte er bei der derzeitigen Situation keine Chance. Kögel war seine einzige Hoffnung, auch wenn er im Augenblick schlechte Karten in der Hand hielt. Vielleicht ließ sich das ändern. Wenn Adam verschwinden würde, wäre Kögel auf ihn, Pfeifer, angewiesen, zumindest in nächster Zeit. Er könnte die Stelle Adams übernehmen, promovieren und sich habilitieren. Dann würde man weitersehen.

III.

Hatte er wirklich Lust, nach Mannheim hinüber zu fahren und ins Konzert zu gehen? Zugegeben: Er musste sich überwinden. In letzter Zeit neigte er dazu, sich am Abend mit einer Flasche Whisky vor dem Fernseher einzurichten, egal, was ausgestrahlt wurde. Dem musste er entgegenwirken. Schließlich wollte er noch mitreden können bei den Gesprächen am Mittagstisch.

Eigentlich eine schöne Gewohnheit, die sich da im Laufe der letzten Jahre entwickelt hatte, sich täglich oder beinahe täglich mittags in diesem Extra-Saal der Mensa, der dem akademischen Lehrkörper vorbehalten war, zu treffen und sich auszutauschen, zwanglos oder zumindest beinahe zwanglos, über Politik, Kultur und manchmal auch über ganz Banales, obwohl vor allem Frau Doktor Körner darauf achtete, dass die Unterhaltung ein gewisses Niveau nicht unterschritt. Natürlich strengten diese Zusammenkünfte auch an. Man musste sich beweisen, zumindest ab und zu. Aber so wurde man wenigstens gezwungen, sich geistig fit zu halten, und nicht selten erfuhr man bei dieser Gelegenheit auch interdisziplinäre Neuigkeiten.

Wie vor Kurzem Frau Doktor Körner von ihrem Besuch der Documenta in Kassel erzählte, hätte einem Hauptseminar über avantgardistische Kunst zur Ehre gereicht. Von einem Mohnfeld vor dem Museum Fridericianum, einer Reisterrasse auf der Wilhelmshöhe und einem katalanischen Koch, der Speisen in chemischen Labors herstellt, war die Rede. Und dabei hatte Frau Doktor Körner ihre vorzeitig ergraute Frisur betätschelt, als müsse sie selbst daraus ein avantgardistisches Kunstwerk kneten. Doktor Berlinghausen hatte, während er mit Messer und Gabel hantierte, grimmig über seine dicke Hornbrille geblickt und eingewendet: Man könne sich des Eindrucks nicht erwehren, dass hier Scharlatane am Werk seien, denen aufgrund ihres Namens enorme Mittel bereitgestellt würden, um einen oft platten Einfall auf provozierende Weise umzusetzen. Doktor Hack hatte sein Ziegenbärtchen in die Länge gezogen und betont: Obwohl er durchaus die Meinung vertrete, dass der Kunstbegriff nicht zu stark eingeengt werden dürfe, sei er doch immer wieder erstaunt, was da alles zur Kunst erklärt werde. Seit neuestem saß auch dieser Kant, wissenschaftlicher Angestellter bei den Volkswirten, mit am Tisch. Seine Ansichten waren noch wenig bekannt. Deshalb wurden seine Beiträge mit besonderer Aufmerksamkeit bedacht. Da waren doch alle überrascht, als er diesmal einwarf, man müsse überlegen, ob Kunst nicht erst auf dem Markt entstehe. Die Wertschätzung eines Kunstwerks sei am Preis abzulesen, der erzielt werde. Die eigentliche Kunst bestehe in der Vermarktung eines Objekts. Alle Prämissen, die eine Auseinandersetzung mit dem Objekt nahelegten, wie die Theorie, in deren Zusammenhang das Objekt stehe und gedeutet werden könne, der Bekanntheitsgrad des Künstlers zum Beispiel auch aufgrund seines beruflichen Werdegangs seien nichts anderes als Teile von Verkaufsstrategien. Frau Doktor Körner, die allmählich von ihrer Frisur abließ, hatte eingeworfen: Sie selbst sei natürlich kein Anhänger dieser Theorie, aber sie sehe darin eine doch recht witzige Spekulation. Da konnten sich alle am Tisch ein erleichtert klingendes Lachen abringen.

Pfeifer aber hatte sich gewundert, dass Doktor Hack den Einwurf von Doktor Berlinghausen so ohne Weiteres gelten ließ. Üblicherweise griffen sich die beiden an, wo immer sich die Gelegenheit bot. Nicht selten schlugen sie sich gegenseitig Titel von Büchern und Aufsätzen um die Ohren, von denen sie annehmen konnten, dass der jeweils andere sie nicht gelesen hatte. Mitunter führte das dazu, dass Kenntnisse vorgetäuscht wurden und andererseits zu allerlei Manövern, um die Täuschung zu entlarven. Einmal hatte Doktor Berlinghausen Doktor Hack gefragt, was er von einem bestimmten Roman halte. Der Anfang habe ihm gefallen, hatte Doktor Hack geantwortet. In der Mitte lasse der Erzählfluss nach. Dafür glänze der Schluss mit einer besonderen Überraschung. Berlinghausen hatte laut aufgelacht und Doktor Hack damit konfrontiert, dass er Autor und Titel des Buches frei erfunden habe, um ihn, Doktor Hack, der Blenderei zu überführen. Das habe er, erwiderte Doktor Hack, durchaus durchschaut. Er habe sich auf das Spiel eingelassen, um zu testen, wie weit es sich treiben lasse. Dass er, Berlinghausen sofort aufgegeben habe, spreche nicht eben für seine Fantasie.

Dass Doktor Hack in der Debatte um den heutigen Kunstbegriff Doktor Berlinghausen nicht sofort Paroli bot, mochte auch daran gelegen haben, dass er zu dessen Linken saß. Alle am Tisch waren sich darüber im Klaren, dass Doktor Hack auf dem rechten Ohr Hörprobleme hatte, die er offensichtlich nicht eingestehen wollte. Seine Manöver, sich so zu setzen, dass er mit dem linken Ohr den Schallkegel der verschiedenen Lautquellen erreichen konnte, waren nicht unbemerkt geblieben. Doktor Berlinghausen nutzte dies aus und versuchte seinerseits Doktor Hack so zu dirigieren, dass dessen geschärftes Ohr von den Gesprächen abgewandt war. Damit verschaffte sich Doktor Berlinghausen in den Florett-Duellen, welche das Mittagessen garnierten, einen enormen Vorteil. So vielleicht auch in der Debatte um einen gültigen Kunstbegriff. Das wäre auch für Pfeifer eine Chance gewesen, sich einzumischen. Aber Pfeifer hatte einfach keinen Zugang zu dem Thema gefunden. Was sicherlich auch daran lag, dass ihm seine eigene Situation, aber auch die Unsicherheit über das Schicksal von Silke Brehme nicht aus dem Kopf ging.

Was mochte ihr zugestoßen sein? Jemand wie sie, ehrgeizig und jederzeit bereit, andere auszubooten, hatte vermutlich viele Feinde. Mitkonkurrenten, enttäuschte oder eifersüchtige Liebhaber, die ihr zum Beispiel übel nahmen, dass sie sich in dieser Weise an Professor Kögel heranschmiss. Oder vielleicht Kögel selbst? Vielleicht aber auch Jagdhaus. Ihm traute er alles zu. Wer so leise auftritt wie er, ist zu allem fähig. Und hatte Pfeifer seinen Kollegen, der ihm im gemeinsamen Arbeitszimmer am Schreibtisch gegenübersaß, nicht dabei erwischt, wie er sich im Internet Kinderpornos betrachtete? Und wie war Jonas Puch einzuschätzen? So was von Wichtigtuer. Jedoch sicherlich auch voller Ehrgeiz. Er könnte in Silke Brehme eine unliebsame Konkurrentin erblickt haben.

Aber Pfeifer musste sich auch fragen, ob er selbst mit dem Verschwinden der Studentin etwas zu tun haben könnte. Es war ihm noch immer nicht gelungen, die Lücke in der Erinnerung an die fragliche Nacht zu schließen. Manchmal war ihm, als sei er an diesem Abend noch einmal zurückgekehrt, als habe er aus dem Nachtschatten einer mächtigen Blutbuche heraus, die ihre Äste über den Gehweg der Straße streckte, Kögels Haus beobachtet und alle Gäste gehen sehen, bis auf Silke Brehme, als sei er die steilen Treppen durch Kögels Garten hinaufgeschlichen, um in das erleuchtete Fenster zu schauen. Er war sich mitnichten sicher, ob diese Vorstellung einer dunklen Erinnerung entsprang oder einem dumpfen Traum, oder ob er sich das Ganze nur einbildete, weil Adam ihm das einzureden versuchte.

Ähnlich das diffuse Bild von einer Fichtenschonung, das er seltsamerweise mit einem Waldstück zwischen Schwetzingen und Hockenheim in Verbindung brachte, mit nächtlichem Nieselregen, mit einem Spaten, einem Pickel und schweißtreibenden Grabarbeiten. Manchmal tauchte es ganz unvermittelt auf und war wieder verschwunden, bevor er sich dessen bemächtigen und es genauer prüfen konnte. Stand auch diese Vorstellung mit dem Verschwinden der Studentin in Zusammenhang?

Am Tag zuvor hatte er im Radio einen Polizeiaufruf gehört. Zeugen, die Silke Brehme in der fraglichen Nacht oder später noch gesehen hätten, wurden aufgefordert, sich zu melden. Ob solche Methoden zum Erfolg führten? Vielleicht würde es Silke Brehme als Vermisste noch in die Fernsehsendung ›XY-ungelöst‹ schaffen. Auch eine Karriere, als Opfer erst in der Presse, jetzt im Hörfunk und vielleicht bald im Fernsehen.

In solche Gedanken versunken, war Pfeifer in seinen Wagen gestiegen, hatte ihn aus der Tiefgarage herausgesteuert, um den Römerkreis herum, am Hauptbahnhof vorbei, hinüber zur Bergheimer Straße, die dort in die Autobahn nach Mannheim mündet.

Plötzlich musste er scharf abbremsen. Er hatte sich der Geschwindigkeit der Fahrzeuge auf der linken Spur angepasst, die wie er darauf bedacht waren, das vorgeschriebene Limit von

120 km/h um nicht mehr als 9 km/h zu überschreiten. Immer noch seinen Überlegungen nachhängend, hatte er die Schilder, die vor einer Baustelle und Verengung der Fahrspuren warnten, übersehen und war erst aufgewacht, als das Heck des vor ihm befindlichen Fahrzeuges beängstigend schnell näher kam. Zum Glück konnte er rechtzeitig abbremsen. Im Rückspiegel beobachtete er, dass der Fahrer hinter ihm keine Schwierigkeiten hatte, den nötigen Abstand zu halten.

Die Sonne stand noch hoch, und hinter den Scheiben hatte sich die Luft unangenehm aufgeheizt. Pfeifer öffnete das Seitenfenster einen Spalt. Er schaute hinüber zu den Bergen des Pfälzer Waldes, die sich hinter Schleiern unter dem leicht bewölkten Himmel abzeichneten. Eine Radiomeldung ließ ihn aufhorchen. Sofort verschloss er das Seitenfenster, um möglichst viele Nebengeräusche auszusperren.

Im Radio berichtete ein Polizeibeamter, vielleicht der ermittelnde Inspektor, dass sich nach dem Aufruf einige Zeugen gemeldet hätten, die glaubten, Silke Brehme nach ihrem Verschwinden gesehen zu haben. Ein junger Mann habe angegeben, in der fraglichen Nacht zwei Männer beobachtet zu haben, die eine junge Frau in ihrer Mitte geführt hätten. Die junge Frau habe einen benommenen Eindruck gemacht. Der Beschreibung nach hätte es sich bei ihr um Silke Brehme handeln können. Eine andere Zeugin gab an, sie sei Silke Brehme wenige Tage nach dem mutmaßlichen Verschwinden in Lanzarote an den Papagayos-Stränden begegnet. Da sie Silke Brehme, wenngleich nur flüchtig, vom Studium her kenne, sei sie sich da sehr sicher. Ein anderer Mann wollte ihr am Tag nach ihrem Verschwinden in einem ICE Richtung Hamburg gegenübergesessen haben. Die Polizei, beteuerte der Sprecher, werde allen Hinweisen nachgehen.

Am Autobahnende, kurz vor der Einmündung in die Augusta-Anlage, bog Pfeifer links ab. Ein dichter, durch kurze Stauphasen unterbrochener Verkehrsfluss schwemmte ihn am Bahnhof, dann am Schloss vorbei. In dessen Innenhof entdeckte er die für das Konzert erbaute Tribüne und Teile der Beleuchtungs-

und Lautsprecheranlagen. Mit einem Schwenk steuerte er unter der zu einer Brücke aufsteigenden Straße hindurch auf die Gegenfahrbahn. Nach kurzer Strecke konnte er in die Zufahrt zur Tiefgarage einfädeln. Zu seiner Verwunderung waren die Stellplätze weitgehend leer. Vermutlich lag es daran, dass diese unterirdischen Parkräume um diese Zeit geschlossen und nur ausnahmsweise für Besucher des Konzerts geöffnet waren.

Es war nicht der einzige Grund, nicht einmal der Hauptgrund, aber er ging auch in das Konzert, um seinen Kollegen am Mittagstisch etwas erzählen zu können. Und er hätte es nicht schlecht gefunden, wenn er dort jemandem aus seinen akademischen Kreisen begegnet wäre. Deshalb schlenderte er ohne Eile vor Beginn der Veranstaltung zwischen den zeltartigen Imbissbuden hindurch und ließ seinen Blick über die Reihen von Menschen schweifen, die an Tischen saßen, in Salaten herumstocherten und Sekt schlürften. Einige Damen in ganz kurzen Röcken. Manche in Stiefeln, Strümpfen und Hot-Pants. Ein junger Mann mit dichtem, dunklem, zu einem Pferdeschwanz gebündeltem Haar und in einem blütenweißen Anzug. Er stand an einem runden Tischchen und hielt mit geschlossenen Augen sein Gesicht in die letzten Strahlen der Abendsonne. Manche Frauen in großer Garderobe, mit Stola und Schleppe und tiefem Dekolleté, das mehr als den Ansatz schlaffer Brüste und eine große Fläche verwelkter Haut preisgab. Er überlegte, ob er sich zu den wenigen Leuten vor dem Imbisszelt setzen sollte, das mit der Tafel ›VIP-Treff‹ warb, entschied aber, dass dies doch allzu leicht als Wichtigtuerei ausgelegt werden könnte. Voller Verachtung für die Leute, die dort zur Schau saßen, wendete er sich ab. Er sah sich nach der Möglichkeit um, ein Programmheft zu erwerben, nicht nur um dem Verlauf der Darbietung besser folgen, sondern auch um am Mittagstisch seinen Kollegen fundierter von der Veranstaltung erzählen zu können. Da ertönten über Lautsprecher ein Gong und die Bitte an das Publikum, die Plätze einzunehmen.

Der Dirigent erschien, verbeugte sich und wurde mit Applaus bedacht. Sowohl auf der Tribüne als auch im Orchester wurde es still.

Nun der Dirigent. Er beteuerte, sich außerordentlich glücklich zu schätzen, dass er drei Solisten ankündigen dürfe, einen jungen Geiger, der in New York bei Itzhak Perlmann studiert habe, ja der selbst zu einem neuen Itzhak Perlmann heranwachsen würde. Die Engagements aller berühmten Orchester, wie das New York Philharmonic, die Wiener Philharmoniker, das London Philharmonic Orchestra, die Berliner Philharmoniker hätten ihn in alle Metropolen, auch hier nannte er Beispiele, geführt. Ähnlich überschwänglich wurden auch die italienische Sopranistin und ein junger Pianist vorgestellt. Alle schienen sie in den großen Konzertsälen der Welt zuhause zu sein und wurden mit berühmten Namen garniert. Pfeifer fragte sich, wie diese Menschen, denen Hunderte, Tausende bei ihren Auftritten Beifall zollten, lebten. Umgaben sie sich mit Personal? Pflegten sie in palastähnlichen Wohnungen ihren Beruf und ihre Leidenschaft und waren sie darüber hinaus auch zu anderen Tätigkeiten fähig? Bei Interviews, die gelegentlich im Radio ausgestrahlt wurden, gewann er manchmal den Eindruck, dass jede Handlung, die solche Leute vollzogen, jede Entscheidung, die sie trafen, jede Begegnung mit anderen Menschen der inneren Notwendigkeit der Kulturgeschichte folgte, dass sich die Kulturgeschichte in jedem ihrer Atemzüge fortschrieb. Die scheinbare Bescheidenheit, die sie zur Schau stellten, schien ihm nichts anderes auszudrücken als die Hochachtung vor der Größe ihres eigenen Schicksals.

Die Musiker wurden auch nach der Zugabe mit so anhaltendem Beifall bedacht, dass sich Pfeifer gezwungen sah, den Veranstaltungsort vorzeitig zu verlassen. Er befürchtete, das Parkhaus könne schließen, bevor er seinen Wagen entfernt hatte.

Am nächsten Tag erzählte Pfeifer am Mittagstisch von seinem Konzerterlebnis. Doktor Hack zupfte hektisch an seinem Ziegenbärtchen: Die Namen des Geigers und des Pianisten seien ihm kein Begriff, und er betonte dies in einer Weise, als könne das nie und nimmer an seiner Desinformiertheit liegen, sondern nur daran, dass es sich bei den beiden Solisten um reichlich unbedeutende Personen handeln müsse. Mehr noch: Als zeuge es von mangelndem Geschmack, von mangelnder kultureller Bildung, sich solchen Dilettanten auszusetzen. Doktor Berlinghausen blickte grimmig über seine dicke Hornbrille und widersprach sofort. Bei den beiden Solisten handele es sich zwar nicht um Weltstars, noch nicht, aber beide seien auf dem besten Weg. Newcomer, die durchaus bereits einen Namen hätten. Wenn dieser dem Kollegen Doktor Hack nicht geläufig sei, dann beweise das nur seine kulturelle Ignoranz. Anders läge der Fall bei der genannten Sopranistin. Sie habe vor zwanzig Jahren als die neue Callas gegolten. Jetzt aber sei ihre Stimme schon alt und von Eintrübungen befallen. Sie habe noch einen Namen. Aber ihr zuzuhören, bedeute schon längst keinen reinen Kunstgenuss mehr. Oder? Er blickte Frau Doktor Körner fordernd an. Frau Doktor Körner nickte gemessen, wohl auch in der Furcht, ihre Frisur könne bei heftigeren Bewegungen durcheinandergeraten.

Die Sängerin habe aber durchaus viel Beifall bekommen, warf Pfeifer ein.

Das Publikum erweise sich nicht immer als sehr fachkundig, gab sie zu bedenken. Oft applaudiere es, weil es glaube, es gehöre sich so, oder weil es die Künstler schon ihrer Anstrengung wegen belohnen möchte. Sie halte es für sinnvoller, den Beifall gemäß der Leistung der Darbietenden zu differenzieren. In diese Leistung fließe aber ihrer Meinung nach vor allem das Können ein.

Er habe aber auch schon das Gegenteil erlebt, lachte Doktor Berlinghausen, wobei er kurz die dicke Hornbrille abnahm, die Bügel zusammenfaltete und die Gläser auf dem Stoff seines Hemdes rieb. So habe zum Beispiel sein Onkel zu seinem 60. Geburtstag einen berühmten Pianisten auftreten lassen. Dieser Programmpunkt habe den Verwandten nicht nur ein kleines Vermögen gekostet, sondern auch sehr viel Mühe, denn er habe für den Virtuosen einen besonderen Flügel organisieren müssen. Einige der geladenen Gäste aber hätten weder die Anstrengungen des Gastgebers noch das Können des Pianisten zu würdigen gewusst, sondern hätten sich während der Darbietung in die Küche geschlichen und über das kalte Buffet hergemacht. Versteht sich von selbst, dass sein Onkel darüber sehr gekränkt gewesen sei.

Es sei erstaunlich, wen man alles für private Darbietungen mieten könne, bemerkte Pfeifer. Ein Bekannter von ihm, ein betuchter Fabrikant, habe einmal für eine seiner Partys Iwan Rebrow eingeladen, der auch prompt aufgetreten sei. Er wisse allerdings nicht, was der Hausherr dafür habe hinblättern müssen.

Was war falsch an dieser Bemerkung? War es der Hinweis auf Iwan Rebrow oder die Überlegung, dass ein solcher Programmpunkt auch seinen Preis habe. Jedenfalls blickte ihn Berlinghausen über seine dicke Hornbrille hinweg streng an. Frau Doktor Körner tippte mit dem Zeigefinger an ihre Frisur, was aber auch als ein kurzes Tippen an die Stirn hätte gedeutet werden können. Doktor Hack legte die Gabel kurz aus der Hand und strich über sein Ziegenbärtchen. Kant konzentrierte sich ganz auf seinen Teller. Eisiges Schweigen. Erst nach längerer Zeit nahm Frau Doktor Körner das Gespräch wieder auf: »Weiß man eigentlich etwas Neues über diese Studentin, die da verschwunden sein soll? Einige Leute glaubten doch, sie gesehen zu haben?«

»Die Spuren haben sich wohl alle als falsch erwiesen«, wusste Doktor Hack zu berichten. »Heute Morgen habe ich im Radio gehört, dass die Frau, die da in einem angeblich benommenen Zustand von zwei Männern abgeschleppt worden war, sich gemeldet hat. Sie sei alkoholisiert gewesen, und die beiden Männer, Freunde von ihr, hätten sie nach Hause gebracht. Auch die Spur nach Lanzarote sei buchstäblich im Sande verlaufen. Nachforschungen der spanischen Kripo hätten ergeben, dass in letzter Zeit niemand mit dem Namen der Studentin auf die Insel gereist sei, weder mit dem Flugzeug noch mit dem Schiff.«

Pfeifer vermutete: »Vielleicht wird ihr Verschwinden nie aufgeklärt werden. Davon gibt es mehr Fälle, als der Öffentlichkeit bekannt sind.«

»War die Studentin nicht aus Ihrem Fach?«, wollte Frau Doktor Körner wissen.

»Ja, sie hat sogar vor einigen Semestern eine meiner Übungen besucht und ein Referat geschrieben.«

»Begabt?«, fragte Doktor Hack.

»Was die Note des Referats anbelangt, ist es zwischen Frau Brehme und mir damals zu Differenzen gekommen.«

Doktor Berlinghausen pfiff leise durch die Zähne: »Möglicherweise hätten Sie dann ja ein Motiv.«

IV.

Eine windige Nacht. Lautes, metallenes Geklapper. Stahlseile schlugen heftig gegen Metallmasten. Es waren die Seile, an denen zu bestimmten Gelegenheiten, zum Beispiel zur alljährlich stattfindenden Ruderregatta, Fahnen emporgezogen wurden. Es musste spät sein. Mitternacht vielleicht. Kaum noch jemand unterwegs auf der Theodor-Heuss-Brücke. Außer ihm, Pfeifer. Was hatte er hier zu suchen? Sollte er nicht Semesterarbeiten korrigieren, sich auf sein morgiges Seminar vorbereiten? Sollte er nicht an seiner Dissertation weiterarbeiten? Was machte das alles für einen Sinn? Seine Hochschullaufbahn würde bald beendet sein. Ja, das hatte er zu verarbeiten. Deshalb hatte er sich mitten in der Nacht zu einem Spaziergang entschlossen.

Und da war noch ein Mann auf der Brücke. Er stand in einer der Ausbuchtungen über den Pfeilern und starrte zum Schloss hinüber, dessen angestrahlte Gemäuer vom Hang herab gelb über das Neckartal leuchteten. Pfeifer erkannte ihn von Weitem. Die toupierte Musikermähne, unter viel Haarfestiger so erstarrt, dass ihr auch der Wind nichts anhaben konnte. Kein weiterer Passant in Sichtweite, kein Auto, kein Radfahrer. Ein selten günstiger Moment, dachte Pfeifer. Rasch ging er auf Kögel zu, der ihm überrascht die Hand entgegenstreckte. Pfeifer aber bückte sich, umschlang die dünnen Beine seines Vorgesetzten mit beiden Armen und wuchtete den Körper mit einem Ruck über die Sandsteinbrüstung. Das geschah so schnell, dass Kögel kaum einen Laut von sich gab, nur ein seltsames Gekicher, das sich mit dem in die Tiefe stürzenden Körper entfernte und durch das Aufklatschen auf der Wasseroberfläche beendet wurde. Die Metallseile schienen heftig Beifall zu schlagen. Pfeifer beugte sich über die Brüstung. In der Dunkelheit wenig zu erkennen. Er hatte den Eindruck, dass der Körper sofort unterging. Er wollte sich mit schnellen Schritten entfernen. Seine Füße aber klebten am Boden. Nur mit großer Mühe kam er voran. Dann war er doch zu Hause und er vernahm eine Stimme. War das nicht die Stimme Kögels? »Lass mich rein! Bitte! Ich sage ›Bitte‹. Ich habe ›Bitte‹ gesagt. Lass mich rein! Bitte!« Wie kam Kögel auf seinen Balkon? Und wie kam es, dass Kögel ihn duzte? Da erwachte er. Noch immer hörte er die Stimme. Sie kam von oben, nicht von seinem Balkon, sondern von einem Balkon darüber. Nein, Kögels Stimme war das nicht.

Wer wohnte über ihm? Er kannte die Leute nicht. Zumindest hatte er sie noch nie bewusst wahrgenommen, wenngleich sie ihm schon begegnet sein mochten, im Aufzug oder im Gang. Im Aufzug begegnete er vielen Leuten, auch diesem Schauspieler, der Pfeifer einmal angegrinst und stumm auf eines der Graffiti gedeutet hatte, die mit farbigem Filzstift auf die Kabinenwand geschrieben oder gezeichnet waren: Stilisierungen des männlichen Glieds in Verbindung mit gezeichneten Ärschen und obszönen Sprüchen. Pfeifer hatte keine Lust gehabt, sich auf ein Gespräch einzulassen, auch nicht auf ein kurzes. Die Geste des Schauspielers hatte er übersehen.

Manchmal begegnete er auch diesem seltsamen Ehepaar, das stets sturzbetrunken war, wobei der Mann seine Verkommenheit durch einen korrekt sitzenden, dunklen Anzug und hinter der außerordentlich seriösen Erscheinung seiner groß gewachsenen, schlanken Gestalt fast vollständig verbergen konnte. Bei der Frau dagegen verrieten kleine, durch Alkohol gerötete Augen, fahrige Gesten und unpassende Sätze eine fortgeschrittene Verwahrlosung. Von dem Schauspieler wie auch von dem stets betrunkenen Paar wusste er, dass sie zwar im Haus, aber nicht über ihm wohnten. Wem also gehörten die Stimmen, die fast jeden Abend durch die Betondecke drangen? Meistens eine weibliche Stimme, schreiend, keifend, zeternd, brüllend, dazwischen dumpfe Geräusche wie von umgestoßenen, fallenden Körpern, Pochen, Klopfen, das Geräusch von splitterndem Glas. Manchmal eine männliche Stimme. Auch jetzt. Er vernahm sie laut und deutlich, nicht durch die Betondecke, sondern von außen, vom Balkon. Es musste schon früher Morgen sein. Vielleicht war der Mann nach einer Phase der Auseinandersetzung auf den Balkon gegangen, um eine Zigarette zu rauchen. Die Frau hatte den Moment genutzt und ihn ausgesperrt. Über eine Stunde hörte er den Mann rufen, leise, beschwörend, immer im gleichen Tonfall, immer die gleichen Worte: »Lass mich rein! Bitte! Ich sage ›Bitte‹. Ich habe ›Bitte‹ gesagt. Lass mich rein! Bitte! Ich sage ›Bitte‹ ...« Irgendwann ließ sich die Frau erweichen, was ihr wahrscheinlich zum Verhängnis wurde. Kaum waren die Rufe vom Balkon verstummt, setzte wieder starkes Gepolter ein, zerbarst Glas, wurden Gegenstände geworfen, umgestoßen, prallten menschliche Körper gegen den Boden. Die Schreie der Frau wurden leiser, versiegten schließlich. Es war still über seinem Kopf. Gefährlich still. Müsste er jetzt nicht die Polizei rufen?

Er war noch einmal eingeschlafen, hatte wieder geträumt, wieder von dieser Fichtenschonung, die er mit einem Waldstück zwischen Schwetzingen und Hockenheim in Verbindung brachte. Er war mit dem Wagen an sie herangefahren, hatte gestoppt und versucht, etwas aus dem Kofferraum zu zerren. Da war er aufgewacht.

Später Vormittag. Er wuchtete sich von seiner Schaumstoffmatratze hoch und sah aus dem Fenster. Ein Sanka fuhr vor, ein weißer Lieferwagen mit einem blinkenden Blaulicht auf dem Dach. Zwei Männer in weißen Anzügen sprangen heraus, suchten erst vorne an der Straße eine Hausnummer, eilten dann über den mit Waschbetonplatten belegten Weg zum zurückgesetzten Hochhaus, verglichen die Klingelreihen mit einem Zettel und kehrten ratlos zu ihrem Wagen zurück. Da rief vom oberen Balkon ein Mann: »Hier herauf! Hier herauf!« Beide Sanitäter stürmten zurück und verschwanden in der Tür. Nach kurzer Zeit tauchte einer wieder auf, eilte zum Auto und zog aus dem Heck eine Trage. Mit dieser war er schon auf dem Weg, als sein Kollege ihm von oben etwas zurief. Der Mann setzte die Bahre ab und wartete. Dann kamen sie heraus, der Kollege und eine Frau. Sie klein und ziemlich dick. Schwer stützte sie sich auf den Sanitäter. Der zweite Sanitäter lief auf die beiden zu, zog sich den freien Arm der Frau über die Schulter, sodass sie zwischen den beiden Männern hängend, fast ohne den Boden zu berüh ren, zur Trage gelangte. Sie wurde auf die Bahre geschnallt und in den Sanka geschoben.

Während Pfeifer den Trichter der Kaffeemaschine füllte, dachte er an seine Träume. Der zweite war ihm schon fast wieder entwischt. An den ersten aber erinnerte er sich so deutlich, dass er sich fragte, ob sich das Geschehen nicht wirklich zugetragen hatte. Wie aber sollte er von der Brücke nach Hause in sein Bett gekommen sein? Wieder ein Stück Erinnerung, das fehlte, vielleicht. Wie die Zeit zwischen dem Verlassen von Kögels Soiree und dem Erwachen am nächsten Morgen. Gut. Im zweiten Fall mochte das an der Flasche Whisky gelegen haben. Offensichtlich hatte er sie geleert, nachdem er nach Hause gekommen war. Es stellte sich allerdings die Frage: warum? Warum hatte er so viel Alkohol in sich hineingeschüttet? Egal. Jetzt lag der Fall anders. Nicht einen Tropfen hatte er gestern Abend getrunken. Da war er sich sicher. Wenngleich ihm in letzter Zeit viel durcheinandergeraten war – seit er sich von seiner Familie getrennt hatte. Was mochte Frauke jetzt machen und Helène?

Um diese Zeit hatte Frauke Helène längst in die Kindertagesstätte gebracht. Sie war zum Berufsförderungswerk gefahren, wo sie als sogenannte Dozentin tätig war. Diese Bezeichnung hatte Pfeifer immer als Hochstapelei empfunden. Sie täuschte eine Tätigkeit an der Hochschule vor, doch dahinter verbarg sich nichts anderes als Fremdsprachenunterricht, Englisch und Französisch für Menschen, die wieder ins Berufsleben eingegliedert werden sollten. Immerhin hatte sie eine Stelle gefunden, die sicherer schien als die Schleudersitz-Karriere an der Uni. Dennoch konnte er sich des Eindrucks nicht erwehren, dass seine Kolleginnen und Kollegen innerlich die Nase rümpften, wenn er ihnen erklärte, wo seine Frau beschäftigt war. Sie schienen alles zu verachten, was nicht direkt mit einer Universität im Zusammenhang stand. Besonders aber den Beruf des Lehrers und gar, wenn dieser hochtrabend verschleiert wurde. Nichts anderes verbarg sich hinter der euphemistischen Berufsbezeichnung. Selbst der Rolle einer Hausfrau schienen sie mehr Anerkennung zu zollen als einer Tätigkeit, die dem Lehrberuf ähnlich war.

Als er Frauke kennengelernt hatte, spielten solche Fragen keine Rolle. Ihm wäre nie in den Sinn gekommen, sich seine Partnerin unter standesgemäßen Gesichtspunkten auszusuchen. Zumal er da selbst nicht allzu viel zu bieten hatte, er als Sohn eines Industriearbeiters. Erst in letzter Zeit war ihm klar geworden, dass man von ihm eine repräsentative Partnerschaft erwartete. Selbst Goethe wurde seine Verbindung mit Christiane Vulpius übel genommen. Und in letzter Zeit hatte es ihm gelegentlich einen Stich ins Herz gegeben, wenn er in den Medien Prominente abgebildet sah, die sich demonstrativ mit ihrer Partnerin schmückten. ›Seht her. Auch in dieser Hinsicht habe ich es zu etwas gebracht.‹

Obwohl! Frauke war hübsch, und er erinnerte sich, dass er auch Stolz verspürte, wenn andere Männer ihr nachblickten. Ja, er hatte früher sogar den Verdacht, auch Kögel hatte ein Auge auf sie geworfen. Möglicherweise verdankte er diesem Umstand die Stelle eines wissenschaftlichen Angestellten an der Universität. Jetzt stand sie zwar nicht mehr in der Hochblüte ihres Lebens. Stellte man jedoch ihr Alter in Rechnung, konnte man sie immer noch als attraktiv bezeichnen. Das war gerade das Problem. Die ersten Spuren des Dahinwelkens hätte sie zum Beispiel durch besonderen beruflichen Erfolg ausgleichen müssen. Da dieser ausblieb, fiel das Nachlassen ihrer Attraktivität umso mehr negativ ins Gewicht. Zumindest was ihn betraf.

Das alles zählte früher nicht. Er war wirklich verliebt in Frauke und er erinnerte sich gern an das Hochgefühl der ersten Monate ihres Zusammenseins. Damals studierten sie beide noch, und ihre Verliebtheit hat sie beide ein Semester gekostet. Selbst das Abenteuer einer gemeinsamen Souterrain-Wohnung, die sie kurz vor ihrem Auszug mit einem katastrophalen Rohrbruch überraschte, hatte ihre Leidenschaft überstanden. Dann aber kam Helène und beide mussten das Studium schnell zu Ende bringen. Die Anstrengungen um die materiellen Grundlagen ihrer Existenz, der alltägliche Kleinkram: Wohnung suchen, Möbel beschaffen, Kinderklamotten, auf Helène aufpassen, mit ihr zum Arzt. Und natürlich die Ermüdungserscheinungen, welche die Zeit mit sich brachte. Das alles führte dazu, dass die Leidenschaft auf der Strecke blieb. An ihre Stelle trat ein allgemeines Gefühl der Gemeinsamkeit, der Vertrautheit, das bis heute andauerte, auch nachdem er seine Familie verlassen hatte. Und das machte ihm zu schaffen. Auch jetzt hatte er das starke Bedürfnis, Frauke anzurufen und mit ihr über Helène zu sprechen. Wahrscheinlich war Frauke jetzt im Unterricht.

Nachdem er gefrühstückt hatte, begab er sich ins Seminar. Er war fast erleichtert, als ihm Kögel über den Weg lief und ihn bat, in sein Arbeitszimmer zu kommen. Ob er die Geschichte mit Silke Brehme mitbekommen habe. Es sei doch unglaublich, dass jemand so spurlos verschwinden könne. Und das in einer Zeit, in der man den Eindruck habe, schon fast in einem Staat der totalen Überwachung zu leben.

Kögel zeigte sich wirklich aufgebracht. Das Gesicht gerötet. Immer wieder strich er mit den Fingern durch die toupierte Mähne (er wird die Frisur, wenn er allein ist, wieder neu herstellen müssen, dachte Pfeifer). Seine Augen glitten haltlos über die bibliophile Bücherwand, über die Liege in der Ecke und zum Fenster hinaus über den Karlsplatz hinauf zum Schloss, das im Nebel müde am Hang hing, und zurück. Ging Kögel das Verschwinden der Studentin so zu Herzen? Stand sie ihm vielleicht näher als allgemein bekannt? Oder war es möglich, dass er der Täter war und dass er die Gelassenheit vor ein paar Tagen und die Erregung heute nur spielte? Sicherlich. Kögel hatte auf diesem Gebiet, zum Beispiel auch vom Katheder herab, schon viele Beweise seiner Fertigkeiten bewiesen, wenn er Gedichte rezitierte, dramatische Dialoge deklamierte oder Prosapassagen vortrug. Aber dass er sogar den Blutdruck unter gespielter Erregung in gefährliche Höhen steigen lassen konnte? Es fehlte nicht viel und Kögel hätte ihm demonstriert, wie man wahrhaftige Tränen vergießt.

Als Pfeifer das Arbeitszimmer Kögels verließ, die Treppe hinauf und den Gang entlang stürmte, musste er an einer ganzen Reihe von Studenten und Studentinnen vorbei, die er einbestellt und die sich angesammelt hatten, weil er mit ihnen ihre Semesterarbeiten seiner Übung besprechen wollte. Unter ihnen auch Jonas Puch. Puch blickte nicht auf, sondern bearbeitete konzentriert die Tasten seines Handys. Pfeifer fragte sich, was dieser blonde Schnösel in seiner Sprechstunde wollte. Hatte er ihn einbestellt? Hatte dieser Wichtigtuer jemals eine Übung bei ihm besucht? Wohl nicht. Vielleicht musste er jemanden begleiten, saß da, weil er einem der Wartenden seelischen Beistand bot. War das bei ihm, Pfeifer, nötig?

Pfeifer schoss durch den Kopf, dass er sich für seine Verspätung entschuldigen könnte. Eine solche Geste würde vielleicht Befangenheiten lösen. Wenn es welche gab. Eine solche Geste könnte auch missverstanden werden. Als ob er es nötig hätte, sich bei seinen Studenten anzudienen. Er musste nur daran denken, wie häufig er selbst in solchen Situationen gedemütigt worden war – als er selbst noch studierte, auf Ämtern, in Kliniken, bei Ärzten. Warum also sollte er sich jetzt entschuldigen? Im Gegenteil. Ein paar Minuten konnte er sich noch Zeit lassen. Ein paar Minuten konnte er noch die Vorstellung genießen, dass alle, die vor seiner Tür saßen, gleichsam auf Knien zu ihm kamen, dass es in seiner Macht läge, sie zu erheben, sie mit Stolz zu erfüllen oder zu zerschmettern. Warum sollte er seine Machtposition durch das Eingeständnis einer Unzulänglichkeit schwächen?

Pfeifer öffnete die Tür zum Gang: »Wer ist der Erste, bitte?«

Es erhob sich kein anderer als Jonas Puch. Im Stehen beendete er, ganz ohne Eile, die Arbeit an seinem Handy. Lässig ließ er das Instrument in die Tasche seines Jacketts gleiten. Groß und schlaksig, mit gegeltem Haar und buntem Hemd, das unter dem dunklen Jackett hervor über hellblaue Jeans fiel, schritt er auf Pfeifer zu und gab ihm die Hand.

Pfeifer bugsierte ihn zu einem bereitgestellten Stuhl. Er selbst setzte sich hinter seinen Schreibtisch. »Was kann ich für Sie tun?«

Der junge Mann streckte die langen Beine von sich und betrachtete seine Hände. »Es ist wegen Silke Brehme«, begann er leise und rieb die Fingerspitzen gegeneinander. »Wir, ein Freundeskreis um

Silke, haben den Eindruck, dass die Polizei in ihren Ermittlungen nicht genügend vorankommt oder den Fall auch nicht energisch genug untersucht. Wir dachten, es könne auf keinen Fall schaden, selbst aktiv zu werden und die Polizei in ihren Bemühungen zu unterstützen. Nun verursachen solche Aktivitäten natürlich nicht unbeträchtliche Kosten. Eine Web-Seite, auf der wir über den Stand unserer Kenntnisse berichten wollen, haben wir bereits ins Netz gestellt. Wir würden aber auch gerne Suchanzeigen in allen großen Zeitungen schalten, entsprechende Plakate und Flugblätter drucken lassen, diese aushängen beziehungsweise verteilen. Eventuell müssen Reisen unternommen werden. Es fallen auch eine Menge Porto- und Telefonkosten an. Deshalb haben wir ein Konto eingerichtet, von dem wir die Auslagen, so weit möglich, bestreiten wollen. Da wir aus dem Freundeskreis von Silke alle noch studieren, können wir zur Deckung der Unkosten selbst wenig beitragen. Es bleibt uns nichts anderes übrig, als uns um gewogene Geldgeber zu bemühen. Deshalb wollte ich Sie fragen, ob Sie als einer der Lehrer von Silke nicht etwas beisteuern könnten.« Der Student blickte Pfeifer überraschend direkt ins Gesicht.

Pfeifer wollte entgegnen, dass er Silke Brehme im Grunde gar nicht kannte, spürte aber sofort, dass jede Ausflucht als Geiz ausgelegt werden könnte. Er hielt es für klüger, den eher Wohlwollenden zu mimen und sich so viel Freiraum zu lassen, dass er später den Rückzug antreten konnte.

»Ja, schrecklich. Der Fall geht uns allen nahe. Obwohl ich Frau Brehme persönlich kaum gekannt habe. Dennoch will ich natürlich alles, was in meinen Kräften steht, tun, um zur Aufklärung beizutragen. Das Problem ist nur: Ich habe im Augenblick nur eine geringe Summe, eigentlich nur ein bisschen Hartgeld bei mir. Geben Sie mir doch die Kontonummer. Ich werde dann einen angemessenen Betrag überweisen.«

Der Student zog einen Kugelschreiber und ein Blatt Papier aus dem Jackett, kritzelte etwas, stand auf und ging, ohne sich zu verabschieden, ohne sich zu bedanken. Pfeifer verspürte große Lust, den bekritzelten Zettel gleich in den Papierkorb zu werfen, verstaute ihn aber doch in seiner Brieftasche.

V.

Noch früher Morgen. Es klingelte. Wer mochte das sein? Ein Mann hielt ihm einen Ausweis und eine Blechmarke entgegen: »Kriminalpolizei. Wir müssen Ihre Wohnung durchsuchen.«

Pfeifer nahm den Ausweis. ›Kriminalkommissar Huber‹ las er. »Haben Sie einen Durchsuchungsbeschluss?«, versuchte er sich zur Wehr zu setzen.

Der Kriminalbeamte machte Anstalten, ein Schriftstück aus der Brusttasche zu ziehen, aber Pfeifer winkte ab. »Tun Sie, was Sie für Ihre Pflicht halten.«

Eine ganze Gruppe von Leuten drängte in das Appartement. Sechs Personen, wie er schnell durchzählte, zwei Männer in Zivil, dahinter ein Polizist und eine Polizistin in Uniform und zwei Gestalten in Overalls, so weit und bauschig, dass sie alle primären und sekundären Geschlechtsmerkmale weitgehend überdeckten. Die beiden Uniformierten bezogen im Eingang zum Wohnzimmer und im Übergang zum Schlafraum Stellung. Pfeifer überlegte. Sollte er probehalber einen Fluchtversuch wagen? Ein sehr kindlicher Impuls. Dem durfte er keineswegs nachgeben. Die Situation musste ernst sein, wenn man ihn mit einem solchen Aufgebot konfrontierte. Dass man ihn offensichtlich für gefährlich hielt, hätte ihn ehren können. Der martialische Anblick der Uniformen aber schüchterte ihn eher ein. Die Mienen so streng. Auf Verständnis durfte er da nicht hoffen.

Die beiden Herren in Zivil suchten nach einer Sitzgelegenheit. Pfeifer bot ihnen je eine Bücherkiste an. Er selbst setzte sich an den Schreibtisch. Die zwei Personen in den weißen Overalls begannen, die Wohnung auf den Kopf zu stellen. Sie nahmen Bücher aus den Regalen, blätterten in ihnen und legten sie auf den Boden. Sie durchwühlten die noch nicht ausgepackten Kartons und Kisten. Die Sitzgelegenheit der beiden Zivilbeamten ließen sie aus. Sie durchsuchten die Kleidungsstücke in dem überdimensionierten Kleiderschrank, tasteten jede Hose, jede Jacke ab und stülpten die eingenähten Taschen nach außen. Pfeifer entschied, dass es sich bei den beiden um eine jüngere Frau und einen jüngeren Mann handelte, auch wenn ihre Stimmlage, sofern sie überhaupt Laute von sich gaben, eine eindeutige Festlegung nicht zuließ. Ebenso wenig wie das Oval ihrer von weißen Kapuzen umrahmten Gesichter.

Ob er sich das spurlose Verschwinden von Frau Brehme erklären könne, wollte Kommissar Huber wissen und schaute Pfeifer aufmerksam an. Ein Mann mittleren Alters mit kräftigem, zu einer Igelfrisur geschnittenem, bereits angegrautem Haar. Vielleicht ein gemütlicher Familienvater, der seinen wissbegierigen Kindern zuhause spannende Geschichten aus seinem Berufsleben erzählte. Von ihm konnte er möglicherweise Nachsicht erwarten. Oder war die Rolle des jovialen Menschen nur gespielt? Pfeifer musste sich zusammennehmen. Das ganze Geschehen war ihm in die Glieder gefahren. Jetzt hieß es aufpassen, dass seine Stimme nicht zitterte, dass er nicht zu stottern anfing.

»Ich sehe keinen Grund, mir etwas erklären zu müssen. Der Fall betrifft mich nicht. Was soll ich mir darüber Gedanken machen?«

Die Bemerkung Pfeifers schien Kommissar Huber wenig zu beeindrucken. Eine fast sorgenvolle Miene zog in seinem Gesicht auf wie die Vorboten eines Tiefs. ›Wie können Sie mich nur so unterschätzen. Wollen Sie nicht, wenn Sie schon glauben, lügen zu müssen, mir die Ehre erweisen und es etwas intelligenter anstellen? Sie beleidigen mich.‹ So mochte er denken. Laut sagte er:

»Sie werden belastet, und zwar von einem Zeugen. Es heißt, Sie hätten sich auf der Party von Professor Kögel auffällig benommen. Sie hätten die Zusammenkunft als Erster verlassen. Am nächsten Tag hätten Sie sich krankgemeldet.«

»Wer hat das gesagt«, brauste Pfeifer auf und überlegte blitzschnell, wer ihn angeschwärzt haben mochte. Vielleicht Kögel selbst. Vielleicht hatte er die Polizeiaktion provoziert, um ihn ungehinderter entlassen zu können. Oder Jagdhaus? Die hinterhältige Rache dafür, dass er ihn beim Betrachten von Kinderpornos erwischt hatte. Oder Adam? Oder Jonas Puch? Oder vielleicht Silke Brehme selbst? Ihr traute er zu, dass sie ihr Verschwinden nur inszenierte, um ihn in den Verdacht eines Verbrechens zu bringen. Wahrscheinlich rekelte sie sich genüsslich in einem Versteck und amüsierte sich darüber, welches Aufsehen ihr Fall erregte.

»Das tut nichts zur Sache«, stellte der Kommissar klar, allerdings ohne jegliche Schärfe, eher in einem Ton, als müsse er Pfeifer beruhigen. Es fehlte nicht viel und Huber wäre aufgestanden, herüber zum Schreibtisch gekommen und hätte ihm begütigend über den Kopf gestrichen.

Pfeifer schaute zu der uniformierten Polizistin hinüber. Einzelne Haarbüschel quollen unter der Mütze hervor, als wolle sich ihre jugendliche Weiblichkeit gegen die zugewiesene Einzwängung zur Wehr setzen. Ihre Unnahbarkeit machte sie besonders begehrlich. Was mochte ein so hübsches Mädchen bewogen haben, ausgerechnet den Polizeiberuf zu ergreifen? Pfeifer musste sich auf das Gespräch besinnen. Was hatte ihm der Kommissar vorgeworfen?

»Auch andere haben sich am nächsten Tag krankgemeldet, zum Beispiel Doktor Adam und Professor Kögel selbst.« Der Mitarbeiter des Kommissars, ein jüngerer Mann, mit einem Drei-Tage-Bart, einem Ring im Ohr und einem rasierten Schädel, machte sich, auf dem Bücherkarton sitzend, Notizen. Sein Gesicht verriet, dass man ihn besser nicht provozierte. Er vermittelte den Eindruck, dass er imstande wäre, Widerstand auch körperlich zu unterbinden.

»Aber Sie kannten Frau Brehme.«

Wieso sprach der Kommissar von der Studentin in der Vergangenheitsform und noch dazu ganz selbstverständlich? Waren die Ermittlungen weiter fortgeschritten, als die Polizei nach außen zugab? Hatte man vielleicht doch schon ihre Leiche gefunden?

»Was heißt kannte? Ich kannte oder kenne sie so, wie viele Studenten«, empörte sich Pfeifer.

»Hat sie nicht bei Ihnen auch ein Seminar absolviert?« Der Kommissar bemerkte dies ohne Boshaftigkeit, fast ein bisschen verlegen, als sei es ihm peinlich, Pfeifer bei einem so plumpen Täuschungsversuch zu ertappen.

»Wie viele Studenten.«

»Und ist es über die Note der Seminararbeit nicht zwischen Ihnen und Frau Brehme zu einem Streit gekommen?« Wieder dieser scheinbar mitfühlende Ton, als habe der Kommissar Verständnis für versuchte Ausflüchte.

»Wer hat Ihnen das gesagt?«

»Bitte beantworten Sie meine Fragen.«

Dieses Biest. Wahrscheinlich hat sie überall erzählt, dass er, Jochen Pfeifer, sie ungerecht bewertet hat. Wahrscheinlich hat sie auch Gründe dafür erfunden. Zum Beispiel, dass er ihr nachgestiegen sei, dass sie ihn aber habe abblitzen lassen und dafür habe er sich mit einer unangemessen schlechten Note gerächt.

Jede unbedachte Regung seines Gesichts, jede unkontrollierte Bewegung seiner Hand konnte ihm jetzt zum Verhängnis werden. Alles, was er sagte, wurde von dem Gehilfen gnadenlos protokolliert.

Pfeifer blickte den Kommissar kurz an, dann von ihm weg hinüber zum Heiligenberg, der hinter dunstigen Schleiern lag: »Um Noten kommt es immer Mal wieder zu Differenzen. Natürlich halten sich viele Studenten für besser, als sie wirklich sind. Oder sie versuchen grundsätzlich durch ungerechtfertigte Vorwürfe, durch Verhandlungen, durch Jammern und manchmal auch durch versteckte Drohungen ihre Note zu verbessern. Ich habe mir diesbezüglich nichts vorzuwerfen.«

»Warum sind Sie so früh gegangen?« Jetzt schleuderte ihm der Kommissar die Fragen entgegen wie ein Skatspieler, der seine Trümpfe drischt.

»Ich fühlte mich an dem Abend nicht wohl. Und habe wohl auch etwas zu schnell getrunken, Alkohol. Was sonst nicht meine Art ist.«

»Sind Sie noch einmal zurückgekehrt?«

Pfeifer zögerte. Sollte er dem Kommissar von seinem Blackout berichten? Sollte er gestehen, dass er einerseits das Gefühl hatte, noch einmal zurückgegangen zu sein, sich andererseits aber keineswegs sicher war? Damit könnte er in Verdacht geraten, ein Psychopath zu sein. Schnell gerät man in die Mühlen der Psychiatrie. Andererseits war er vielleicht beobachtet worden, als er aus dem Schatten der mächtigen Blutbuche heraus Kögels Haus observierte. Vielleicht wartete der Kommissar darauf, dass er etwas leugnete, wofür es Zeugen gab. Vielleicht wäre es klüger, den Sachverhalt jetzt zuzugeben und eine belanglose Begründung dafür zu erfinden. »Nein!«, entschied Pfeifer.

Der Kommissar sah sich um, tauschte einen Blick mit den beiden Beamten, die sich an den wenigen Möbeln zu schaffen machten. Pfeifer kam zu dem Schluss, dass es sich dabei um zwei weibliche Personen handelt. Männer bewegen sich abrupter, entschiedener. Oder nicht?

»Sie haben sich hier wenig eingerichtet«, hörte er den Kommissar brummen.

»Ja, ich habe diese Räumlichkeiten nur vorübergehend bezogen.«

»Wollen Sie sich von Ihrer Familie trennen?«

Woher wusste der Kommissar, dass es zwischen ihm und seiner Frau Differenzen gab? Hatte er Frauke bereits verhört? Oder pfiffen es die Spatzen von allen Dächern?

»Ob es eine endgültige Trennung wird, ist noch nicht entschieden. Meine Frau und ich hielten es für angebracht, für eine bestimmte Zeit auf Distanz zu gehen. Das soll manchmal eine heilsame Wirkung haben, nach über fünf Jahren Ehe.«

Der Kommissar strich sich übers Kinn und seufzte. Hatte Pfeifer in ihm einen wunden Punkt getroffen? Vielleicht handelte es sich bei seinem Gegenüber keineswegs um einen glücklichen Familienvater. Vielleicht erwog auch er eine Trennung von seiner Familie. Vielleicht beneidete er ihn, Pfeifer, der diesen Schritt bereits vollzogen hatte.

»Gut, Herr Pfeifer. Bitte führen Sie uns jetzt zu Ihrem Wagen. Wir müssen ihn für kurze Zeit konfiszieren. Sie verstehen ...«

»Wir wären dann auch so weit«, sagte der Mann im weißen Overall. Ja, es handelte sich um zwei Männer. Jetzt, da der eine laut sprach und der andere sich in voller Größe aufrichtete, war sich Pfeifer sicher.

Er nahm den Autoschlüssel vom Schreibtisch, und alle zwängten sich in den Aufzug. Im Erdgeschoss stiegen die Beamten aus, bis auf den Kommissar und seinen Adjutanten. Sie fuhren mit Pfeifer in die Tiefgarage, wo er ihnen den Wagen zeigte. Der Assistent des Kommissars setzte sich ans Steuer.

Der Kommissar gab Pfeifer die Hand. »In zwei, drei Tagen werden Sie Ihr Fahrzeug zurückbekommen. Falls wir nichts finden, versteht sich. Wir möchten Sie bitten, sich in nächster Zeit zur Verfügung zu halten und uns alles mitzuteilen, was Sie selbst in Erfahrung bringen.« Der Kommissar stieg ein und beide brausten davon.

Pfeifer fuhr in den sechsten Stock zurück. Erst jetzt fiel ihm auf, welche Unordnung die Polizisten hinterlassen hatten. Ob er jetzt observiert würde.

Während er damit beschäftigt war, Bücher, Kleidungsstücke, Papiere an ihren angestammten Ort zurückzubringen, dachte er daran, dass er im Augenblick nicht mit seinem Wagen nach Schwetzingen hinüberfahren konnte und weiter Richtung Hockenheim. Er hatte erwogen zu prüfen, ob es die Fichtenschonung, die gelegentlich durch seine Träume, durch seine Erinnerung geisterte, wirklich gibt. Andererseits: Auch wenn sein Wagen jetzt zur Verfügung gestanden hätte, wäre es unvernünftig gewesen, diesen Ort aufzusuchen. Jeder Spaziergänger, jeder Jogger im Wald, jeder Motorradfahrer, der unter der Brücke, wo die Abfahrt von der Schnellstraße entlangführte, eine Zigarettenpause einlegte, könnte von der Kripo sein. Doch bestand zwischen diesem diffusen Bild und dem Verschwinden von Silke Brehme überhaupt ein Zusammenhang? Wahrscheinlich nur ein Erinnerungsrest an die Zeit, als er mit Frauke dort im Gehölz entlang der Autobahn einst Pilze gesucht hatte, ein Gedächtnisfetzen, der sich mit dem dramatischen Geschehen, das ihn jetzt belastete, vermischte.

Das Telefon riss ihn aus seinen Gedanken. Fraukes Stimme, ruhig, fast tröstlich. Seinen Versuch, sie in ein längeres Gespräch zu verwickeln, wehrte sie ab. Sie habe leider einen Termin, aber sie würde sich gern mit ihm treffen.

Er könne ja nach Hause kommen, schlug Pfeifer vor. Nein, entschied Frauke. Sie würde einem neutralen Ort den Vorzug geben, wie wäre es zum Beispiel mit dem ›Café Schafheutle‹. Sie einigten sich auf den nächsten Tag, gegen fünfzehn Uhr.

Pfeifer überlegte. Heute war Donnerstag und donnerstagabends hatte er seine Therapie-Sitzung. Bis dorthin wollte er die Wohnung wenigstens notdürftig in Ordnung bringen. Vielleicht fand er noch Zeit, sich mit seiner Dissertation zu befassen.

Dann endlich am Schreibtisch. Er warf den Computer an, öffnete die Dateien und überflog die letzten Seiten. Wieder befielen ihn Zweifel. Würde das, was er da geschrieben hatte, vor einer möglichen Kritik bestehen? Was würde Professor Kögel dazu sagen oder Doktor Adam oder auch die Kolleginnen und Kollegen am Mittagstisch? Schon hörte er Doktor Hack genüsslich seine Formulierungen zitieren und Doktor Berlinghausen in haltloses Wiehern ausbrechen und er sah, dass Frau Doktor Körner sich darauf beschränkte, amüsiert zu lächeln. Die Seiten umschreiben und zwar so, dass die Formulierungen unangreifbar würden. Vielleicht doch auf Fassungen zurückgreifen, die er in den letzten Wochen entworfen und abgespeichert hatte. Komisch, nach einer bestimmten Zeit erschienen ihm ältere Fassungen besser als neuere. Rang er sich dazu durch, sie zur vorläufig letzten zu erklären, verloren sie sofort ihre Gültigkeit. Manche schienen ihm ganz und gar daneben. Manchmal entschloss er sich, solche Fassungen zu löschen. Später hatte er den Eindruck, dass damit Formulierungen verloren gegangen waren, die er jetzt unbedingt hätte verwenden können. Drehte er sich nicht schon seit Monaten im Kreis? Eigentlich schon seit Jahren. In immer längeren Abständen musste er die Arbeit ruhen lassen, um aus diesem Strudel herauszufinden. Auch jetzt hatte er den Kopf nicht frei. Vielleicht sollte er doch erst seine Wohnung in Ordnung bringen. Vor allem sollte er sich beruhigen.

Er fuhr den Computer herunter und schaltete den Fernseher an. Schon wieder eine Talkrunde über ›Deutsche Eliten‹, eine Wiederholung des gestrigen Abendprogramms.

VI.

Am Abend begab sich Pfeifer zu Doktor Mühsam, seinem Therapeuten. Er hatte schon vor der Trennung von seiner Familie beschlossen, sich einer Therapie zu unterziehen, weil er das Gefühl hatte, mit seinem Leben nicht mehr zurechtzukommen. Die Trennung von seiner Familie war ein wichtiger Schritt zu einem neuen Leben, vielleicht bereits das Ergebnis eines Emanzipationsprozesses, der aus seinen Therapiesitzungen resultierte. Obwohl er sich nicht daran erinnern konnte, dass Doktor Mühsam zu diesem Schritt geraten hätte – weder zu- noch abgeraten. Doktor Mühsam gab überhaupt keine Ratschläge. Es grenzte schon an ein Wunder, wenn er überhaupt etwas sagte.

Pfeifer fuhr mit der Straßenbahn hinüber nach Neuenheim. Die Praxis befand sich in einem fünfstöckigen Gebäude aus gelbem Sandstein, dessen Jugendstil-Relief über dem Eingang ein Baujahr zu Beginn des 20. Jahrhunderts vermuten ließ. Es lag in einer Gegend, deren Parkmöglichkeiten den Anwohnern vorbehalten waren. Bei seinem ersten Besuch hatte Pfeifer den Fehler begangen, seinen Wagen dort abzustellen, und sich dabei prompt eine gebührenpflichtige Verwarnung eingehandelt. Seitdem zog er es vor, sich mit öffentlichen Verkehrsmitteln, manchmal auch zu Fuß hinüberzubegeben, auch wenn er es ungerecht fand, dass die Anwohner allen Parkplatz für sich beanspruchten. Nahmen sie sich nicht mit der größten Selbstverständlichkeit heraus, zum Beispiel aufs Land zu fahren? Stellten sie ihren Wagen dort, während sie ein Restaurant besuchten oder spazieren gingen, nicht unentgeltlich ab? Heute konnte er sich damit trösten, dass sein Auto sowieso nicht zur Verfügung stand. Ob sich die Spurensuche das Gefährt bereits vorgenommen hatte?

Pfeifer drückte auf den Klingelknopf von Doktor Mühsam. Ohne dass eine Stimme in der Sprechanlage ertönte, signalisierte ein Brummen, dass die Tür elektrisch entriegelt wurde. Pfeifer stemmte sich gegen die herausgeschnitzten floralen Motive des dunklen Holzes, das eine bunte Glasscheibe massiv umrahmte. Im Flur, an dessen Wänden verschiedene Fahrräder lehnten, roch es modrig. Fünf ausgetretene Sandsteinstufen führten ins Hochparterre. Weiter ging es über eine breite Holztreppe, die unter jedem Tritt laut ächzte. Wieder einmal wunderte ihn, dass ihm niemand entgegenkam. Noch nie hatte er erlebt, dass irgendeine Person die Praxis verließ, wenn er eintraf. Fast hatte er den Eindruck, dass er der einzige Klient sei. Obwohl Mühsam bei dem Vorgespräch betont hatte, er könne sich vor Hilfe suchenden Patienten kaum retten, und offensichtlich damit ausdrücken wollte, er, Pfeifer, habe es als einen besonderen Beweis seiner Gnade zu verstehen, dass er ihn annehme.

Wenn Pfeifer zu früh erschien, musste er in einem Vorzimmer warten. Geräusche, die ihm verraten hätten, wodurch Mühsam in Beschlag genommen wurde, waren nicht zu hören. Wenn er sich verspätete, begann Mühsam sofort mit der Sitzung, ohne sie allerdings über den ausgemachten Endzeitpunkt hinaus zu verlängern. Er pflegte die Sitzung zeitlich punktgenau zu beenden. Das sei, versicherte er, Teil der Therapie wie auch die Regelung, dass Pfeifer jede Therapiestunde sofort bar zu entgelten habe.

Wie alt mochte er sein? Pfeifer schätzte ihn auf Anfang sechzig. Auf dem Kopf kräuselte sich ein Kranz ergrauter Haare. Auf der blanken Oberseite spiegelte sich die Deckenbeleuchtung. Der Körper war vermutlich einst sportlich durchtrainiert. Jetzt verrieten locker über den Gürtel rollende Wülste, dass der Leib nicht mehr alles verbrannte, was ihm zugeführt wurde.

Gerüchteweise war Pfeifer zu Ohren gekommen, dass Doktor Mühsam alles andere als eine stromlinienförmige Mediziner-Karriere hingelegt habe. Er habe über alternative Medizin promoviert und sich mit Forschungsaufträgen im Kreis von Kulturvölkern bewegt, anstatt sich in Krankenhäusern nach oben zu dienen. Das machte ihn Pfeifer sympathisch.

Doktor Mühsam empfing ihn mit starkem Händedruck. Dabei blickte er Pfeifer intensiv in die Augen, als müsse er ihn jedes Mal neu durchschauen. Konnte er auf diese Weise seit dem letzten Treffen eine Veränderung ermessen? Der Therapeut dirigierte ihn in das Behandlungszimmer. Schwere und zum Teil zugezogene Vorhänge tauchten den Raum in dämmriges Licht. Auf einem Sideboard schwarze, geschnitzte Figuren. An den Wänden bemalte und unbemalte Holzmasken, magische Gegenstände vielleicht.

»Ich bin gespannt, was Sie heute zu erzählen haben«, bemerkte Doktor Mühsam, während sich Pfeifer auf der schwarzen Ledercouch niederließ, die eher einem Operationstisch als einem Liegemöbel glich. Über seinem Kopf hörte Pfeifer, dass Mühsam sein Notizbuch aufschlug und mit Kugelschreiber schon etwas hineinkritzelte. Pfeifer schloss die Augen.

»Was sehen Sie?«, wollte Doktor Mühsam wissen, und Pfeifer überlegte kurz, welche Story er seinem Therapeuten heute auftischen solle. Vielleicht eine Geschichte mit Silke Brehme? Wieder diese diffuse Vision von einer Fichtenschonung, die er in einem Waldstück zwischen Schwetzingen und Hockenheim vermutete. Er könnte das Gehölz in einen Schauplatz des Verbrechens verwandeln. Er müsste eine kriminelle, mit vielen Details ausgeschmückte Handlung erfinden. Und er begann:

Vor sich sehe er die Umrisse eines Lenkrads. Dahinter eine Windschutzscheibe, dahinter Äste mit frischem Laub, Weißbuchenlaub, wie er erkenne, und zwischen den Ästen, zwischen Baumwipfeln, die gestaffelt einen steilen Abhang hinunterstiegen, die Dächer einer Stadt, spielzeughaft, tief unten im Tal und auf der gegenüberliegenden Berghalde eine große Burgruine, eine Schlossruine, d i e Schlossruine.

»Welche Jahreszeit?«, hörte er Mühsam fragen.

Zu einer Mordgeschichte würden Jahreszeiten des Todes passen. Am besten November. Aber nun hatte er sich mit der Erwähnung von frischem Laub bereits festgelegt. Außerdem hatte er sich entschlossen, eine Mordgeschichte mit Silke Brehme so zu erzählen, wie sie sich hätte zugetragen haben können.

Es sei Frühling, fuhr Pfeifer fort. Das verrate das frische Weißbuchenlaub. Durch die geschlossenen Scheiben dringe massives Vogelgezwitscher. Früher Morgen. Der Himmel schon hell, aber das Tal noch im Schatten. Er spüre seinen Kopf, ein dumpfes

Pochen, dann immer deutlicher: eine einzige Wunde im Innern der Schädelknochen.

»Können Sie Ihren Standort etwas genauer beschreiben?«

Warum interessierte sich Mühsam für Standort-Details und nicht für seine Befindlichkeit? Hielt er ihn möglicherweise für wehleidig? Oder konnte er aus der Beschreibung des Standorts etwas über seine Seele lesen?

Er befinde sich auf einem Berg, neben einem kleinen Aussichtsturm und blicke in ein Tal hinab, ins Neckartal, auf eine Stadt, auf eine alte Stadt, auf die Altstadt von Heidelberg. Er sitze in einem Wagen, in seinem Wagen. Und er sei nicht allein. Neben ihm eine Frau, mehr liegend als sitzend, sie scheine zu schlafen, das Gesicht von ihm weggedreht.

»Kennen Sie die Frau?«

Ja! Er erkenne sie an dem Kleid. Ein dunkelrotes Wollkleid, ausgesprochen sexy, weil es die Fantasie eines Mannes einerseits anrege, vielmehr angeregt habe. Andererseits habe es der Fantasie viel Raum geboten. Das wisse er aus einer anderen Szene. Da habe er sich von ihrem Anblick kaum losreißen können, obwohl ihn die Studentin – jawohl, es sei eine Studentin, die jetzt so still neben ihm liege – am Vorabend – es müsse am Vorabend gewesen sein – keines Blickes gewürdigt habe. Auch jetzt gleite sein Auge über die runde Form der Hüfte, über den lang gezogenen Oberschenkel. Er habe die Studentin einmal angesprochen, auf dem Karlsplatz, als sie das Palais Boisserée verließ, habe sie einladen wollen in ein Café. Aber sie habe ihn abblitzen lassen. Und jetzt liege sie neben ihm, am frühen Morgen, hingestreckt auf seinem Autositz, seltsam starr. Und da er sich über sie beuge, blicke er in weit aufgerissene Augen und in ein Gesicht, dessen Unterkiefer nach unten hänge. Eine tote Studentin in seinem Wagen?

Eigentlich wollte Pfeifer die Geschichte möglichst emotionslos erzählen. Das Grauen entfaltet eine größere Wirkung, wenn die Darstellung weitgehend frei von Gefühlen ist. Nun musste er feststellen, dass er von solcher Erregung erfasst wurde, dass seine Stimme zu vibrieren anfing.

Pfeifer lauschte auf Doktor Mühsam. Doch diesmal sagte er nichts. Und Pfeifer fuhr fort:

Der pochende Schmerz in seinem Schädel. Er drücke von innen gegen die Decke, in Wellen, in immer neuen Anläufen, als wolle er das knöcherne Gehäuse sprengen, scheine bereits nach außen durchgebrochen zu sein, an einer Stelle, einer klebrigen Stelle am Hinterkopf. Deutlich zu tasten: eine Beule. So gewaltig, dass er sie, wenn er die Zähne zusammenbeiße, zwischen Daumen und Zeigefinger nehmen könne wie eine Pflaume. Schmerzen auch im rechten Oberarm. Er schäle sich aus dem Jackett, reiße sich die Krawatte vom Hals, knöpfe das Hemd auf und streife es über die rechte Schulter. Ein deutlicher Bluterguss. Ob man ihm eins übergebraten, ob man ihm obendrein auch eine Spritze verpasst habe? Wie sei sie gestorben, die Frau neben ihm? Und wie sei sie in seinen Wagen gelangt?

Die Stimme des Therapeuten: »Können Sie sich wirklich nicht mehr erinnern? Vielleicht ist es zwischen der Studentin und Ihnen zu einer Auseinandersetzung gekommen, möglicherweise zu einem Kampf?«

Die Erregung hatte von Pfeifer in einem Maße Besitz ergriffen, dass der ganze Körper zu zittern anfing. Je mehr er die Unkontrolliertheit zu unterdrücken suchte, umso mehr brach sie sich Bahn. Er konnte nur hoffen, dass sein Seelenklempner diese unwillkürlichen Reaktionen auf den imaginierten Schmerz bezog, von dem Pfeifer erzählte. Er fuhr fort:

Woran er sich erinnern könne, sei, dass er als einer der Ersten, wenn nicht überhaupt als Erster, den von seinem Vorgesetzten veranstalteten Umtrunk verlassen habe, und zwar allein. Zuhause habe er aber weder genügend Müdigkeit gefunden, noch die Konzentration aufgebracht, um sich mit Erfolg in gedruckte Seiten zu vertiefen. Nicht einmal das Fernsehen habe ihm die gewünschte Ablenkung bieten können. So sei er wieder aufgestanden, habe sich ins Auto gesetzt und sei zum Haus seines Vorgesetzten zurückgefahren. Es habe in seinem beruflichen Interesse gelegen, wenn er sich darüber Klarheit verschaffen wollte, ob die Studentin bei seinem Vorgesetzten über Nacht blieb. Er sei also noch einmal zu rückgekehrt, habe sein Auto im Dunkeln geparkt, unter der mächtigen Blutbuche, die aus dem Vorgarten herausrage und mit ihren frisch belaubten Ästen das spärliche Nachtlicht abgehalten habe, aber so, dass er das Gartentor, von dem aus zwischen Büschen und Bäumen hindurch steile Treppen den Hang hinauf zu Kögels Haus führten, im Auge behalten konnte. Lange Zeit sei nichts geschehen, weder dass jemand den Garten verlassen habe, noch dass jemand hineingegangen sei. Aber er habe noch Licht in den Fenstern gesehen, sodass er sich entschlossen habe, auszusteigen und sich im Schutze der Dunkelheit an die Fenster heranzupirschen. Das sei das Letzte, woran er sich erinnere. Mehr wisse er nicht.

»Wie wollen Sie sich jetzt verhalten?«

Das überlege er. Die Polizei informieren? Solle die sich um alles kümmern. Und er würde erst nach Hause fahren, eine Schmerztablette einwerfen und abwarten, bis sich der Nebel in seinem Kopf lichten würde.

»Sind Sie sich da sicher?«

Nicht ganz. Wenn er die Polizei anrufen würde, würde er einen Mechanismus in Gang setzen, der sich nicht mehr steuern ließe. Es gebe so viele Zufälligkeiten, die sich zu Verdachtsmomenten verdichten könnten. In Theorien würden oft beliebige Bausteine einen Zusammenhang begründen. Selbst, dass die Studentin einst bei ihm ein Seminar besucht habe und dass es über die Referatsnote zwischen ihr und ihm zu einem Streit gekommen sei. Eine mögliche Vorgeschichte zu einer verspäteten Auseinandersetzung mit katastrophalen Folgen. Zumindest könne das so gedeutet werden. Auch die Tatsache, dass er erst kürzlich von Zuhause ausgezogen sei, liefere möglicherweise Stoff für eine zu vermutende Beziehungsgeschichte.

»Fürchten Sie eine Bestrafung?«

Die letzten Passagen seiner Erzählung hatten Pfeifer so in Anspruch genommen, dass er nicht dazu gekommen war, auf seine Nervosität zu achten. Nun bemerkte er, dass sie nachließ. Er versuchte, die Stimme wieder fester klingen zu lassen:

Mehrere Jahre Knast. Das könne man sich höchstens als Künstler oder Schriftsteller leisten. Solchen Persönlichkeiten verzeihe man nicht nur ungehobelte Manieren, sondern mitunter auch Verbrechen. Manche würden dadurch erst interessant. Von einem akademischen Geisteswissenschaftler dagegen erwarte man Eleganz im Auftreten und im Verhalten. Ihm würde man nicht einmal schlechte Manieren nachsehen. Geschweige denn eine rechtskräftige Verurteilung wegen Totschlags oder Mordes – noch dazu im Suff. Ja, er habe, das gehöre zur Geschichte, am Vorabend getrunken, viel getrunken, habe den Wein regelrecht in sich hineingeschüttet. Auf der kleinen Party seines Vorgesetzten. Eine solche Anhäufung von Verfehlungen. Ihm bliebe gar nichts anderes übrig, als seine Karriere an den Nagel zu hängen. Und einen anderen Beruf als den des Hochschullehrers habe er weder gelernt noch liege er im Bereich seines Vorstellungsvermögens. Ganz davon abgesehen, dass er das bisschen Freiheit, das er sich mühselig zurückerobert habe, schon wieder verspielen würde. Vom Gefängnis Ehe und Familie in die Strafvollzugsanstalt: wahrlich ein bedeutender Entwicklungsschritt.

»Fühlen Sie sich dieser Studentin gegenüber verpflichtet?«

Nun hatte sich Pfeifer wieder in der Gewalt. Es gelang ihm sogar, seine Stimme mit dem Timbre der Entrüstung zu unterlegen.

Bei der Hochnäsigkeit, mit der sie ihn behandelt habe? Im Gegenteil. Es würde wohl seine Gründe haben, dass sie zum Opfer geworden sei. Ganz unschuldig sei sie sicherlich nicht. Sie mit ihrem Ehrgeiz, mit ihrer Bereitschaft, alle ihr zur Verfügung stehenden Mittel für ihre Karriere einzusetzen, nicht zuletzt auch ihre weiblichen Reize. Sie habe sich sicherlich viele Neider geschaffen und in gewisser Weise habe sie eine Strafe verdient, wenngleich nicht unbedingt diese. Aber er sei ihr zu nichts verpflichtet. Sollten sich andere mit der Toten herumschlagen, zum Beispiel die, deren sie zu Lebzeiten ihre Gunst geschenkt habe.

»Was gedenken Sie zu tun?«

Pfeifer hatte so viel Gelassenheit zurückgewonnen, dass er seiner Fantasie nun wieder freien Lauf gewähren konnte:

Den leblosen Körper aus dem Auto zerren und nach Hause fahren. Aber das gehe nicht. Er würde Spuren hinterlassen,

Abdrücke des Reifenprofils, winzige Lackteile, Textilfasern vom Bezugsstoff seiner Autositze an der Leiche, ein Haar von seinem Kopf oder ein paar Hautschuppen. Vielleicht sei schon jemand vorbeigekommen und habe sein Auto hier stehen sehen. Nein, er müsse die Leiche verschwinden lassen. Aber wie? In den Neckar werfen? Viel zu riskant. Das Flussufer an den meisten Stellen schwer zugänglich, zumindest mit einer solchen Bürde. Den toten Körper über irgendein Brückengeländer wuchten. Wo solle er parken? Die Gefahr, dass er dabei beobachtet würde, liege im Bereich hoher Wahrscheinlichkeit. Ob die Leiche überhaupt versinken würde? Vielleicht hätte sich im Innern des Körpers bereits so viel Gas gebildet, dass sie wie ein Ballon an der Oberfläche treiben würde. Wenn nicht, würde sie in wenigen Tagen auftauchen. Und sofort würden die Ermittlungen beginnen, und die noch frischen Spuren führten auch zu ihm.

Pfeifer lauschte auf die Stimme des Therapeuten, hörte aber nur seinen Atem. Wollte er ihn hier nicht lenken? Musste er selbst nach dem Weg suchen, auf dem sich die Geschichte weiterentwickeln ließ?

Besser, die Tote irgendwo im Wald verstecken. Erstaunlich, wie lange auch kleine Gehölze Geheimnisse für sich behielten. Immer wieder sei zu lesen, dass Wanderer oder Pilzsammler auf Überreste von Menschen stießen, die bereits seit Wochen, Monaten oder Jahren dort gelegen hätten und von denen nicht selten nur noch das blanke Skelett übrig geblieben sei. Oder dass Suchaktionen in der Unübersichtlichkeit, die zwischen Baumstämmen und dichtem Gebüsch herrsche, ergebnislos abgebrochen werden müssten. Er könne noch ein Übriges tun. Er könne den Körper vorerst zwischenlagern, dann im Laufe des Tages eine Schaufel besorgen und ihn heute Nacht unter die Erde bringen.

Pause. Nur das Geräusch des Kugelschreibers auf dem Notizblock und der Atem von Doktor Mühsam.

Welche Stellen seien dafür geeignet? Es müsse ein Ort sein, an dem er mit seinem Wagen möglichst weit heranfahren und wo er parken könne, ohne bemerkt zu werden. Alle Wege der Umgebung, die in den Wald führten und die ihm jetzt einfielen, seien durch Schranken versperrt. Mitunter seien die Barrieren zwar geöffnet, aber darauf dürfe er sich nicht verlassen. Im schlimmsten Fall würde er in den Wald hineinfahren und hinter ihm würde aus irgendwelchen Gründen der metallene Schlagbaum gesenkt, mit einem Schloss gesichert, und er säße in der Falle. Vielleicht ein Parkplatz an der Autobahn? Selten, dass einer nicht in irgendeiner Form genutzt werde. Zu dieser Zeit zum Beispiel suchten Autofahrer in den Ausbuchtungen am Rande der Beton- oder Asphaltpisten ein paar Stunden Schlaf, nach ermüdenden Kilometern hinterm Steuer. Diesen nur halb geschlossenen Augen sei nicht zu trauen. Schon besser dort unter der Brücke, südlich von Schwetzingen, bei der Abfahrt nach Speyer, ein Treffpunkt für Motorradfahrer, aber nicht so früh am Morgen. Dort würden öfter Autos parken. Da falle sein abgestellter Wagen nicht auf, und von dort sei es nicht weit in den Wald. Die Stelle habe den Vorteil, dass nächtliche Grabgeräusche vom Lärm der nahen Autobahn übertönt würden. Der Boden bestehe vermutlich aus Sand, den der nun gezähmte Rhein früher dort angeschwemmt habe, und der einem neuen Spaten keinen nennenswerten Widerstand biete. Wenn er Glück habe, schaffe er es, bevor der Berufsverkehr einsetze. Solle er die Leiche in der Stellung belassen oder doch besser im Kofferraum verstauen? Der Körper neben ihm auf dem Beifahrersitz doch zu riskant, auch wenn man den Zustand der jungen Frau zu dieser Tageszeit leicht als Ergebnis einer wilden Nacht missdeuten könne.

Jetzt nicht einmal mehr Schreibgeräusche. Pfeifer öffnete die Augen einen Spalt und blickte in die ungerührten Gesichter der Holzmasken an der gegenüberliegenden Wand. Von den geschnitzten Figuren auf dem Sideboard war von dieser Position aus nichts zu sehen. Sie mochten sich ihren Teil zu seiner Geschichte denken. Pfeifer war versucht, sich umzudrehen und zu prüfen, ob der Therapeut nicht eingeschlafen sei. Sich beherrschen. Letztlich spielte es vielleicht keine Rolle, ob der Therapeut ihm zuhörte oder nicht. Wichtiger war zu glauben, dass er ein offenes Ohr finde. Vielleicht wurde ihm auch aufgegeben, sich die Geschichte selbst zu erzählen, vom Vortrag weg, hin zur Reflexion.

Er könne sich vorstellen, fuhr Pfeifer fort, dass er jetzt entschlossen aussteige, den Kofferraum öffne und, um mehr Platz zu schaffen, die Rückbank nach vorne klappe. Die Decke, die er für Notsituationen immer mit sich führe, lege er auf dem Fahrersitz bereit. Dann fasse er den schlaffen Körper unter den Armen, darauf bedacht, dass der Kopf auf seiner Schulter zu liegen komme. Und ihm falle ein, dass er die Studentin zu Lebzeiten gern so an sich gedrückt hätte. Jetzt empfinde er nur schrecklichen Widerwillen bei der Berührung des kalten Fleisches. Die Anstrengung steigere das schmerzhafte Hämmern im Kopf. Wie einen Zementsack lasse er den Oberkörper auf die Ablage gleiten. Er begebe sich zurück auf den Beifahrersitz und versuche, über die Lehne gebeugt, die Leiche weiter ins Wageninnere zu zerren. Dann zurück zur Heckklappe. Er knicke die Beine ein, ordne den unteren Saum des Kleides und werfe die hochhackigen Schuhe hinterher. Sie seien bei der Aktion von den Füßen gerutscht. Er ziehe die Decke über den verstauten Körper, schließe die Heckklappe und starte.

Der Therapeut räusperte sich, als wolle er damit andeuten, dass er keineswegs eingeschlafen sei oder sich gar aus dem Raum geschlichen habe. Eine Aufforderung weiterzuerzählen? Fast fröhlich setzte Pfeifer die Geschichte fort.

Während er den Heiligenberg hinunterfahre, blicke er mehrmals in den Rückspiegel. Er werde den Eindruck nicht los, dass sich der Körper bewege. Er würde sich nicht wundern, wenn sich in diesem Moment von hinten Hände um seinen Hals legten. Das Hämmern in seinem Schädel, eine kaum bezähmbare Übelkeit und die vernebelte Wahrnehmung machten ihm zu schaffen. Jetzt nicht das Bewusstsein verlieren. Sich auf keinen Fall den Widrigkeiten ergeben. Er müsse es schaffen.

Die Handschuhsheimer Landstraße fast menschenleer. Die zurechtgestutzten Platanen links und rechts streckten ihre beschnittenen Äste in den Frühdunst wie in einer erstarrten Gymnastikübung. Was mochte sich hinter den Mauern der großbürgerlichen

Mehrfamilienhäuser jetzt zutragen? Viele würden wohl noch die Wohligkeit des morgendlichen Schlafs genießen. Manche würden das Licht nach einer durchlittenen Nacht begrüßen wie eine letzte Verheißung. Mütter oder Väter würden ihre Kinder versorgen, bevor sie diese in den Kindergarten oder in die Schule brächten. Verschwommen nehme er einen Zeitungsausträger wahr, der sein Fahrrad von Haus zu Haus schiebe und die Briefkästen mit neuesten Nachrichten füttere. Wann würde die Vermisstenanzeige der Studentin in dem Blatt erscheinen und wie würde sie formuliert werden? ›Die junge Frau trägt schulterlanges, blondes Haar und ein rotes Wollkleid. Gesehen wurde sie zuletzt anlässlich eines gesellschaftlichen Abends bei Professor ...‹ Würde sein Vorgesetzter es schaffen, seinen Namen aus den Berichten herauszuhalten?

Pfeifer nun wie in einem Erzählrausch. Die Geschichte sprudelte aus ihm heraus, fast ohne Zutun. Er hätte sich selber zuhören können.

Ein Auto überhole ihn rasend, presche über das leere Pflaster. Die Reifen erzeugten ein Geräusch, als würden sie am Boden kleben und müssten sich mit jeder Umdrehung gewaltsam losreißen. Zum Glück keine Straßenbahn, von der aus die Fahrgäste vielleicht erst gedankenverloren von oben herab in seinen Wagen starrten, dann vielleicht doch etwas ausmachten, die Umrisse des Körpers unter der Decke, einen Knöchel, einen blanken Fuß, der herausrage, vielleicht nicht unbedingt gleich die Polizei alarmierten, aber doch elektrisiert, zumindest das Nummernschild seines Wagens notierten und später als Zeugen zur Verfügung stünden. Jetzt nicht die Nerven verlieren. Nicht die vorgeschriebene Geschwindigkeit überschreiten, keine Ampel bei Rot passieren, auf keinen Fall geblitzt werden oder einer zufällig auftauchenden Polizeistreife Anlass zu einer Überprüfung liefern. Unbehelligt gelange er über den Bismarckplatz, die Kurfürstenanlage hinunter zum Römerkreis und auf die Ausfallstraße hinaus Richtung Schwetzingen.

Zum Glück keine unvorhersehbaren Zwischenfälle, keine überraschende Polizeikontrolle, keine unglückliche Karambolage, in die er verwickelt worden sei, kein Fahrzeug, das ihm folge.

Jetzt fahre er eine asphaltierte Straße in den Wald hinein. Die Straße ende nach einem kurzen Stück vor der Autobahn, die hier auf einem Wall über seinem Kopf hinweggeführt werde. Der morgendliche Berufsverkehr sei bereits im Gange. Er entdecke einen befestigten Weg, der rechtwinklig von der Straße abzweige und den er nach kurzer Überlegung einschlage und verfolge, bis er an einer kleinen Ausbuchtung stoppe. Hier könne er in Ruhe den Wagen abstellen und den toten Körper aus dem Kofferraum zerren. Ja, er nehme sich sogar die Zeit, diesen in Sitzposition an das Hinterrad zu lehnen, um die Heckklappe zuschlagen zu können. Dann ziehe er ihn in eine Fichtenschonung, die so dicht sei, dass er darauf verzichten könne, den toten Körper unter zusammengetragenen Zweigen zu verstecken. Fast sei er versucht, ihn dort seinem Schicksal zu überlassen, aber ihm sei klar, dass der Verwesungsprozess in kürzester Zeit durch bestialischen Gestank auf die Leiche aufmerksam machen würde. Dass Waldtiere zuvor für eine spurlose oder zumindest weitgehend spurlose Beseitigung sorgen würden, darauf dürfe er nicht hoffen. Also versuche er sich auf dem kurzen Rückweg den Ort des Versteckes genau einzuprägen, damit er ihn am Abend, mit einem tauglichen Spaten bewaffnet, wieder finden würde.

Auf dem Heimweg stehe sie ihm immer wieder vor Augen, die Stelle im Wald, das flach einfallende Licht der aufgehenden Sonne, das sich im Frühnebel verfange, die dunkle Fichtenschonung, die sich unter den Schatten der hohen Buchen- und Eichenstämme hinducke. Er bekomme ihn nicht aus der Nase, den Duft von frischem Laub und den sehr viel kühleren Modergeruch, der unter den dicht stehenden Nadelbäumen gelegen habe. Und immer wieder müsse er die Vorstellung wegwischen, dass Silke Brehme, so heiße die Studentin, die Augen aufschlage, sich aus dem Geäst herauszwänge und sich zur Straße aufmache, um dort ein Auto anzuhalten. Kein Zweifel: Sie sei tot. So tot, dass die Leichenstarre bereits einzusetzen beginne.

»Schluss jetzt«, hörte er die energische Stimme des Therapeuten. Und er wusste, dass die 45 Minuten der Sitzung um waren, auch wenn kein nächster Patient im Vorzimmer wartete. Er erhob sich von der Liege und verharrte einen Augenblick auf der Kante, um den Kreislauf an die neue Position zu gewöhnen. Sein Blick fiel auf die geschnitzten Figuren auf dem Sideboard. Sie schienen ihm aufmunternd zuzunicken. Pfeifer aber spürte, dass ihn ein Kloß im Magen drückte. Die Wohnungsdurchsuchung heute Morgen ließ sich nicht einfach wegreden. Er stemmte sich endgültig hoch, deponierte zwei Fünfzig-Euro-Scheine in den bereitgestellten Zinnteller und steuerte dem Ausgang zu.

»Übrigens gibt es keine Stelle auf dem Heiligenberg, von wo aus man ins Neckartal hinabschauen kann, wenn man im Auto sitzt«, bemerkte der Therapeut und schob ihn zur Tür hinaus.

VII.

Pfeifer war etwas zu früh. Er setzte sich an einen Tisch in der Nähe des Wintergartens, aber so, dass er den Eingang im Auge behalten konnte. Ein Kommen und Gehen. Die Tür öffnete sich, aber nicht Frauke erschien, sondern sein Kollege Adam, der einen Moment verharrte und seinen Blick durch die ineinander übergehenden Räume wandern ließ. Schon überlegte Pfeifer, was er sagen könnte, wenn Adam sich an seinem Tisch niederlassen wollte. Aber Adam sah über ihn hinweg, ohne eine Reaktion des Erkennens zu zeigen, und ließ sich dann auf einem Platz nieder, der weit genug entfernt war, um keinen Kontakt aufnehmen zu müssen. Aber er könnte Pfeifer von dort aus beobachten. Pfeifer war sich sicher, dass Adam ihn wahrgenommen hatte, und er fragte sich, warum er nicht herüberkam und ihn begrüßte. Stattdessen verschanzte sich Adam hinter einer Zeitung.

Frauke wollte sich also unbedingt mit ihm treffen. Würde sie versuchen, ihn zur Rückkehr zu bewegen? Vielleicht wäre dieser Schritt richtig. Er selbst hatte ihn erwogen – in letzter Zeit immer häufiger. Er sehnte sich nach Fraukes Nähe. Manchmal roch er in der Erinnerung ihre Haut, ihr Haar. Und er vermisste Helène, ihr munteres Geplapper, die Wildheit, mit der sie durch die Wohnung fegte. Er fühlte sich einsam, es war nicht zu leugnen. Aber er sagte sich, dass dies eine vorübergehende Phase sei und dass er sie durchstehen müsse, wenn er seinem Leben noch einmal die Chance einer Wende bieten wolle. Wenn er jetzt zu seiner Familie zurückkehren würde, würde er schnell wieder den Gewohnheiten verfallen, dem alten Trott – und der war tödlich, auch für seine geistige Entwicklung. ›Ich muss diesem Sog widerstehen‹, versuchte er sich einzuhämmern, und sein Widerstandsgeist wuchs, sobald Frauke versuchte, ihn zurückzulocken. Ließ sie in ihrem Werben nach, brach seine Auflehnung in sich zusammen. Ja, sie schlug ins Gegenteil um, wenn ihn das Gefühl beschlich, Frauke wolle sich von ihm lösen. Auch jetzt spürte er noch Anwallungen von Eifersucht, wenn sie andeutete, dass sie einen anderen Mann kennengelernt habe.

Ihm fiel ein, wie er Frauke das erste Mal angesprochen hatte. Eine Sternstunde des Sich-Kennenlernens. Damals studierten sie noch, beide. Sie standen nebeneinander an einer Ampel und warteten auf Grün. Da fragte er unvermittelt: »Hast du auch so einen Muskelkater?« Frauke war so überrascht, dass sie vergaß loszulaufen, als das Licht umsprang. Sie starrte Pfeifer eine Weile an. Dann stieß sie hervor: »Woher weißt du?« Sie hatte nicht realisiert, dass auch er eines der überfüllten Seminare besuchte und sie heimlich beobachtete. Auf sie hatte er offensichtlich keinen Eindruck gemacht. Auch nicht auf der Wanderung, die der Seminarleiter mit den Teilnehmern zwei Tage vor ihrem Zusammentreffen an der Fußgängerampel unternommen hatte. Sie hatten den Königstuhl mit der Bergbahn erklommen und waren den Hang hinab nach Waldhilsbach und von da wieder zurück nach Heidelberg marschiert. Der Ausflug steckte Pfeifer noch tagelang in den Knochen. Ebenso Frauke. Besonders, als sie an der Ampel gemeinsam auf Grün warteten. Sie fanden schnell zueinander, und bald war Helène unterwegs. Zum Nachdenken war Pfeifer damals nicht gekommen. Und wenn er es recht bedachte, hatte sein Status als junger Familienvater mit dazu beigetragen, dass er sofort nach Abschluss seines Studiums eine Stelle an der Uni erhielt. Allerdings nur einen Zeitvertrag. So lebten sie anfänglich recht glücklich, Frauke, die er liebte, Helène, die er vergötterte, und er, der auf eine erfolgreiche akademische Karriere hoffte.

Natürlich. Es ist ein Naturgesetz, dass die gegenseitige Anziehungskraft im Laufe des Zusammenlebens erlahmt, zumindest die erotisch-sexuelle. Dass er sich innerlich von Frauke entfernt hatte, wurde ihm klar, als ihm Silke Brehme begegnete und ihm Avancen machte. Da fiel ihm auf, dass sich die Momente mehrten, in denen er Fraukes Gegenwart als Belastung empfand. Dabei hatten sie es anfänglich genossen, vieles, ja fast alles gemeinsam tun zu können. Das war ihre Stärke: die Kongruenz ihrer Interessen und Vorlieben. Irgendwann aber spürte er, dass es ihn störte, wenn Frauke bei allem, was er in seiner Freizeit unternahm, wie selbstverständlich dabei sein wollte. Damals glaubte er, dass es sich leichter zusammenleben ließe, wenn Partner verstärkt eigene Wege gingen. Eine ›offene Ehe‹. Ja, ja. Und er wunderte sich noch, warum es bei solchen Entwicklungen zu Ungleichgewichten kommt. Warum liefen solche Prozesse nicht auf beiden Seiten mit der gleichen Geschwindigkeit ab? Manchmal wünschte er sich, Frauke würde einen anderen Mann kennenlernen und sich neu verlieben.

Dann aber gab es Momente, da überschwemmte ihn eine geradezu unwiderstehliche Gerührtheit. Er musste an sich halten, damit er dem Wunsch, Frauke zu umarmen und fest an sich zu drücken, nicht erlag. Meistens waren es Augenblicke, in denen er sie beobachtete, ohne dass sie dessen gewahr wurde und in denen sie sich einer Gestik und Mimik überließ, die frei von jeglichem Rollengebaren war. Dann kamen ein Optimismus und ein Mutterwitz zum Ausdruck, der ihn schon zu Beginn ihres Kennenlernens angerührt hatte. Möglicherweise war das die Hauptursache, warum er sich zu ihr hingezogen fühlte.

Pfeifer ließ seinen Blick über die Café-Haus-Besucher wandern, die in kleinen Gruppen, manchmal auch vereinzelt um die Tische saßen. Was mochte sie in die behaglichen Räumlichkeiten geführt haben, in denen es nach heißen Getränken duftete, in denen dem Besucher bereits am Eingang eine Vitrine mit köstlichen Schokolade- und Sahnetorten und anderen genussverheißenden Gebäckstücken das Wasser im Mund zusammenlaufen ließ? Eine Pause auf einer anstrengenden Einkaufstour? Eine Verabredung zu einem geschäftlichen Gespräch? Eine ritualisierte Gewohnheit? Ihm gegenüber saß ein älteres Paar, das kaum redete. Nur ab und zu ließ einer der beiden eine Bemerkung fallen und der andere nickte oder schüttelte den Kopf. Ihre Kuchenstücke lagen halb aufgegessen auf den Tellern und in großen Abständen trennten sie mit der Gabel eine kleine Portion ab, führten sie langsam zum Mund und ließen sie hinter den geschlossenen Lippen offenbar noch lange nachwirken. Ebenso verfuhren sie mit dem Inhalt ihrer Tassen.

Sie nippten so vorsichtig, dass die Flüssigkeit in den Gefäßen kaum abnahm. Daneben unterhielten sich zwei Männer, wobei sie immer wieder in den Papieren wühlten, die den Tisch überlagerten. Einzelne Seiten wanderten hinüber und herüber und verschwanden wieder im Stapel. Eine junge Frau blätterte in einem Modejournal und schaute in kurzen Abständen auf ihre Armbanduhr.

Fast hätte er übersehen, dass Frauke hereinkam und mit energischen Schritten auf ihn zusteuerte. Es schien ihm, als ob sie einen kurzen Blick auf Adam geworfen und dieser ihren Blick erwidert hätte.

Als sie sich niederließ, fiel ihm auf, dass sie eine neue Frisur trug. Sie kam ihm ausgeruhter und jünger vor als in den letzten Monaten. Ja, er bemerkte, dass die beiden Männer am Nebentisch kurz von ihren Papieren auf- und ihr nachschauten.

Heiter, als ob es zwischen Pfeifer und ihr keine Probleme gäbe, überflog sie die Angebotskarte. Sie bestellte eine Tasse Tee. Kaum hatte die Bedienung ihnen den Rücken gekehrt, eröffnete sie Pfeifer immer noch heiter, dass sie sich von ihm scheiden lassen werde. Wenn man sich im Vorfeld vernünftig einige, könne man die Trennungszeit verkürzen und einen gemeinsamen Anwalt beauftragen. Was er davon halte?

Pfeifer spürte, wie ihm die Luft wegblieb. Er starrte Frauke ins Gesicht, als müsse er sich vergewissern, dass sie wirklich sei. Die weichen, etwas fleischigen Wangen, an die er früher gerne die eigenen gerieben hatte. Die schmalen Lippen, die lachen konnten, während sich die runde Stirn kritisch in Falten legte. Es überraschte ihn, dass er auf die vertrauten und immer noch sympathischen Züge nun keinen Zugriff mehr haben sollte. Er war davon ausgegangen, dass es Frauke sei, die klammern würde. Er wollte sich Freiräume verschaffen. Insgeheim aber, das wurde ihm mit einem Schlag klar, hatte er damit gerechnet, jederzeit zu ihr, zu seiner Familie zurückkehren zu können. Nun sah er sich damit konfrontiert, dass sie ihm den Rückzug abschnitt. Und sofort keimte in ihm ein Verdacht. Hatte ihm Frauke eine Falle gestellt? Hatte sie die Eklats in den letzten

Monaten bewusst provoziert, um ihn loszuwerden? Er musste jetzt aufpassen, dass er nicht in Panik geriet.

»Und Helène?«, entgegnete er und geriet dabei ins Stottern.

Fraukes Augen verengten sich. »Helène bleibt natürlich bei mir«, stieß sie hervor. »Das Kind braucht geordnete Verhältnisse. Du weißt, wie wichtig die kindlichen Phasen in der Entwicklung eines Menschen sind.«

Pfeifer blickte sich Hilfe suchend um. Wen könnte er jetzt anflehen? Wer würde ihm zur Seite springen? Etwa das ältere Paar, das sich immer noch über die halb geleerten Kuchenteller hinweg anschwieg? Oder die beiden Yuppies, die gerade in eine besonders lebhafte Etappe ihres Brainstormings eingetaucht schienen? »Das Kind braucht auch einen Vater.« Pfeifer ärgerte sich über den fast weinerlichen Ton, der aus ihm hervorbrach.

»Natürlich.« Jetzt wurden Fraukes Lippen so schmal, dass die roten Wülste fast verschwanden. Sie artikulierte nun auf eine künstliche Weise gepresst, aber sehr deutlich: »Und ich werde dafür sorgen, dass Helène wieder einen Vater bekommt, einen Vater, der seine Pflichten ernst nimmt und der ein Umfeld für optimale Startbedingungen bieten kann. Ich will, dass das Kind gerüstet ist, wenn es sich den Kämpfen des Lebens stellen muss. Wir wollen doch beide, dass aus unserer Tochter etwas wird, dass sie die Möglichkeit hat, einmal Karriere zu machen.«

»Sind solche Überlegungen nicht ein bisschen verfrüht?« Allmählich gewann Pfeifers Stimme wieder Haltung.

Frauke beugte sich über den Tisch, als müsse sie ihm nun jeden Satz, obwohl sie sehr leise sprach, ins Gesicht schreien. »Lebensläufe muss man langfristig planen, und es ist abzusehen, dass du deinen Verpflichtungen nicht nachkommen willst, schlimmer noch: nicht nachkommen kannst.«

»Ich denke, bei Kindern kommt es vor allem auf emotionale Zuwendung an.«

»Die aber hat mit Verantwortung zu tun. Zuneigung zu einem Kind kann sich nicht darin erschöpfen, dass man es zum Spielzeug degradiert.« Frauke schüttelte den Kopf über so viel Unverstand.

»Du scheinst ja von der Rolle eines Vaters sehr konkrete Vorstellungen zu haben. Die Frage ist nur, ob du auch jemanden findest, der bereit ist, diesen Part zu spielen.« Pfeifer lehnte sich zurück. Ob sich Frauke mit diesem Satz aus der Reserve locken ließ?

»Darüber brauchst du dir keine Sorgen machen.«

»Was soll das heißen?«

»Das soll heißen, dass ich keineswegs tatenlos zugesehen habe, während du in lächerlicher Weise irgendwelchen Studentinnen hinterhergehechelt bist.«

»Du hast jemanden kennengelernt?«

»Darüber bin ich dir keine Rechenschaft schuldig.«

»Wer ist es?«

»Jemand in einer Position, die es Helène ermöglichen wird, ihre Fähigkeiten voll zur Entfaltung zu bringen.«

»Den Namen willst du mir nicht verraten?«

»Den wirst du noch früh genug erfahren.«

»Und du bist dir sicher, dass es nicht nur die berufliche oder gesellschaftliche Position ist, die du an deinem neuen Partner attraktiv findest, will sagen, dass du dich auch emotional zu ihm hingezogen fühlst?«

Pfeifer bemerkte, dass Frauke blass wurde. Ein unbekannt harter Zug spielte um ihren Mund. Wenn es Erschrecken war, was sich in der Verfärbung der Haut ausdrückte, dann höchstens darüber, dass sie sich entschlossen hatte, etwas zu formulieren, worüber sie bisher geschwiegen hatte. Und ihre Stimme klang gefährlich leise:

»Ich will dir etwas sagen. Seit du ausgezogen bist, ist mir klar geworden, mit was für einer Flasche ich die vergangenen Jahre vergeudet habe. Ich habe mich gefragt, was ich überhaupt an dir fand. Wahrscheinlich war es nicht deine Person, zu der ich mich hingezogen fühlte, sondern was mich an dich gebunden hat, war meine Angst, allein zu sein, mein Bedürfnis, eine Familie zu haben. Nun weiß ich, dass du mich in allem enttäuscht hast, in deinen intellektuellen Fähigkeiten, in deinem Vermögen, deiner Familie einen angemessenen Lebensunterhalt zu bieten und auch sexuell. Im Vergleich mit dem, was ich in letzter Zeit auf diesem Gebiet erlebt habe, waren die Jahre mit dir verlorene Jahre. Für mich gibt es überhaupt keinen Grund, es mit dir noch einmal versuchen zu wollen. Selbst ein Leben als Alleinerziehende scheint mir tausendmal attraktiver als das Zusammensein mit dir. Aber es ist nicht so, dass mir nicht andere Möglichkeiten offen stünden. Ich habe einen Partner gefunden, der zu mir passt. Und ich weiß, dass wir zusammen und mit Helène glücklich sein werden.«

Pfeifer rang nach Luft und die Räumlichkeiten mit allen Tischen und Gästen begannen zu schwanken. Wie im Zeitraffer gingen ihm die Stationen ihres Zusammenlebens durch den Kopf: Der Moment, als er neben ihr zu stehen kam, an der Fußgängerampel, und er sie ansprach. Ihre erste gemeinsame Wohnung im Souterrain, die er ausgesucht hatte, weil sie im Grünen lag. Und für einen Moment hatte er wieder den muffigen Geruch in der Nase, den die Räume ausströmten und von dem er geglaubt hatte, er könne ihn mit einem Eimer Farbe erfolgreich vertreiben. Der Ausdruck von Entsetzen in Fraukes Gesicht, als sie feststellte, dass bei Regen Wasser eindrang. Und ihre Wut, als sie ihm erzählte, dass der Vermieter nicht gewillt sei, dem Übel abzuhelfen. Und er erlebte in einem kurzen Moment noch einmal die Nacht, in der sie über Stunden hinweg mit Eimern eine braune, faulig stinkende Flüssigkeit geschöpft hatten, die im gegenüberliegenden Heizungskeller aus einem gebrochenen Heizungsrohr spritzte und sich bis in ihre Wohnung ergoss.

Und dann die neue Wohnung, groß und hell. Frauke hatte es doch Spaß gemacht, die hellen Räumlichkeiten gemäß ihres bemessenen Budgets mit Ikea-Möbeln zu bestücken. Natürlich auch der monströse Kleiderschrank. Und dann machte der Vermieter bereits nach einem knappen Jahr Eigenbedarf geltend. Seit der Zeit vertrat er die Meinung, dass das Mietrecht mit der Menschenwürde nicht in Einklang zu bringen ist, dass die Kündigung einer Wohnung eine existenzielle Bedrohung darstellt.

Die dritte gemeinsame Wohnung und die ersten Krisen ihres Zusammenlebens. Es hatte Streit gegeben, heftigen Streit. Und er war ausgezogen, erst ins Hotel, dann in diese Räumlichkeiten, die ihm bisher als Notunterkunft dienten. Und Frauke hatte nicht versucht, ihn zurückzuhalten, als er wutentbrannt in die Nacht hinaus stürmte. Auch später nicht. Nicht einmal ansatzweise die Bitte zurückzukehren. Hatte sie ihn bewusst provoziert? War er in die Falle gegangen? Was würde passieren, wenn er jetzt seine Stelle verlieren, wenn er arbeitslos werden würde? Frauke hatte ein gesichertes Einkommen. Würde sie, auch wenn sie getrennt lebten, für ihn aufkommen müssen? Und nach einer Scheidung?

»All die gemeinsamen Jahre. Willst du das alles so mir nichts, dir nichts aufgeben?«

Frauke verzog spöttisch den Mund: »Jahre mit nichts als Schwierigkeiten.«

»Schwierigkeiten, die wir gemeinsam gemeistert haben.«

»Komm mir jetzt bloß nicht mit der Geschichte von der Souterrain-Wohnung.«

»Wir haben die ganze Nacht Wasser geschöpft.«

»Das hätten wir uns schenken können, wenn du von Anfang an für eine bessere Unterkunft gesorgt hättest.«

»Und als wir zusammen unsere neue Wohnung eingerichtet haben.«

»Mit diesem monströsen Kleiderschrank.«

»Meine Idee war das nicht.«

»Fangen wir nicht wieder davon an.«

»Wir sollten es noch einmal zusammen versuchen.«

Frauke balancierte ihre Tasse zum Mund und gönnte sich eine Pause. Pfeifer glaubte schon, sie würde sich sein Angebot überlegen, da bemerkte sie unvermittelt: »Die Polizei hat nach dir gefragt. Ich habe den Beamten deine neue Adresse gegeben.«

»Ja, ja«, Pfeifer winkte unwillig ab. »Die Kripo hat mich bereits kontaktiert. Das sind Routinebefragungen zum Fall einer verschwundenen Studentin.«

»Wie ich gehört habe, bist du ihr nachgestiegen. Sie hat dich aber abblitzen lassen.«

Nun wurde Pfeifer wütend: »Das ist eine üble Verleumdung. Woher hast du das?«

Das ältere Paar blickte zu Pfeifer herüber. Auch die beiden Yuppies unterbrachen ihren intensiven Gedankenaustausch für einen Moment. Frauke kramte in ihrer Handtasche und erhob sich. »Das alles spielt nun keine Rolle mehr. Du wirst von meinem Anwalt hören.« Sie zahlte im Hinausgehen. Ohne sich umzublicken, stürmte sie auf die Straße.

Pfeifer wollte zu Adam hinüberschauen, den er während seines Gesprächs mit Frauke vergessen hatte. Aber der hatte sich schon entfernt. Auf dem Tisch lag die in einem Holzstab eingeklemmte Zeitung. Pfeifer schritt hinüber und holte sie sich. An seinen Tisch zurückgekehrt, rückte er den Stuhl ein Stück ab und ließ sich, indem er sich gelassen zurücklehnte und die Beine übereinander schlug, nieder. Geistesabwesend blätterte er in den Seiten. Sein Blick fiel auf die Überschrift:

›Polizei taucht in umliegenden Baggerseen nach verschwundener Studentin.‹

Er las, dass die Behörden ein Verbrechen nun nicht mehr ausschlossen. Eine Ermittlungskommission sei eingesetzt worden, die unter Hochdruck arbeite. Bisher leider ohne Erfolg. Auch die Suchaktionen in verschiedenen Baggerseen seien ohne Ergebnis geblieben.

VIII.

Dieser Jagdhaus mit seiner aufgedunsenen Visage, dem schütteren Haar und der getönten Brille. Da saß er ihm wieder gegenüber. War er nicht genug damit bestraft, dass er überhaupt sein Arbeitszimmer teilen musste? Und dann noch mit diesem Typ? Und Pfeifer fiel wieder ein, dass Jagdhaus auf der Soiree von Kögel an ihm geklebt hatte wie ein Kaugummi unter einer Schuhsohle. So eine Kreatur. Und Pfeifer kam auch wieder in den Sinn, dass dieser Kollege vielleicht etwas mit dem Verschwinden von Silke Brehme zu tun haben könne. Jagdhaus war zurückgeblieben, als er die kleine Gesellschaft verließ. Als Pfeifer ihn vor Tagen gefragt hatte, was danach noch alles passiert sei, hatte Jagdhaus abgewinkt: »Die üblichen Gruppierungen. Der übliche ›Smalltalk‹.« Und auf Silke Brehme angesprochen, hatte er nichts weiter geantwortet als: »Schrecklich. Wirklich schrecklich.« Eigentlich traute er Jagdhaus weder eine heimliche Liaison mit Silke Brehme zu, noch dass er mit ihrem Verschwinden in irgendeiner Weise in Zusammenhang stand. Jagdhaus traute er gar nichts zu. Andererseits: Hinter der Maske der absoluten Unbedarftheit verbergen sich oft die größten Übeltäter.

Pfeifer blickte zu Jagdhaus hinüber. Was trieb der da wieder und warum deckte er seine geschäftige Tätigkeit gegen neugierige Augen mit einem Blatt Papier ab? Meistens starrte er minutenlang auf die vor ihm befindliche Seite (war es eine Seite?), wobei ein an die Lippen gelegter Bleistift höchste Aufmerksamkeit verriet (oder vorspiegelte?). Dann löste eine besondere Stelle hektische Aktivitäten aus. Jagdhaus schien den Text (war es ein Text?) mit Notizen zu versehen, wobei er mitunter andere Notizen mit einem Radiergummi bearbeitete. Die Tätigkeit schien Jagdhaus dermaßen in Atem zu halten, dass sein Kopf glühte. Die Neugier seines Gegenübers schien er nicht zu bemerken. Pfeifer aber musste herausfinden, was sich hinter dem seltsamen Verhalten verbarg. Aber wie?

Ihn zu fragen, schien ihm nun doch zu direkt. Besser wäre es, Jagdhaus von seinem Platz wegzulocken. Dann könnte er in Ruhe nachsehen, was seinen Kollegen so intensiv beschäftigt. Hoffentlich räumte er nicht vorher seinen Schreibtisch auf.

Pfeifer fiel ein, dass in der Unibibliothek bestellte Bücher darauf warteten abgeholt zu werden. Er könnte Jagdhaus bitten, das für ihn zu erledigen. Es war anzunehmen, dass sein Gegenüber sofort aufspringen und seiner Bitte nachkommen würde. Jagdhaus begegnete ihm mit besonderer Demut, seit Pfeifer ihn dabei ertappt hatte, wie er sich im Internet Kinderpornos anschaute. Wahrscheinlich hatte er Angst, dass Pfeifer ihn verriet, und Pfeifer hatte überlegt, wie er die Situation weiter nutzen und Jagdhaus für sich einspannen könne. Dass er ihn Bücher aus der Unibibliothek holen ließ, war fast schon zur Selbstverständlichkeit geworden. Hin und wieder hatte er ihn auch mit bibliographischen Arbeiten betraut. Er hatte auch erwogen, sich von ihm seine Doktorarbeit verfassen zu lassen, das Ansinnen aber schnell wieder verworfen. Für solche Aufgaben schien ihm sein Kollege doch nicht genügend qualifiziert. Pfeifer wusste, dass Jagdhaus diesbezüglich selbst in der Klemme steckte. Und so beschränkte er sich auf einen eingespielten Katalog von Demütigungen, die ihm mehr Vergnügen bereiteten, als dass sie ihm Nutzen brachten.

»Würden Sie mir einen Gefallen tun?« Pfeifer bemühte sich um einen besonders freundlichen Tonfall.

Jagdhaus hob den Kopf, als tauche er aus dreißig Meter Tiefe an die Wasseroberfläche. Seine Augen irrten haltlos durch den Raum.

»Ich hab da ein paar Bücher in der Unibibliothek bestellt. Könnten Sie die für mich abholen?«

Jagdhaus zögerte. Offensichtlich überlegte er, ob er die Spuren seiner Beschäftigung beseitigen solle, bevor er den Schreibtisch verließ. Pfeifer sah ihm scharf auf die Finger. Jagdhaus erkannte, dass dies als eine Geste des Misstrauens verstanden werden würde und beschränkte sich darauf, seinen Arbeitsplatz mit ein paar Handgriffen symbolisch zu ordnen. Dann stemmte er sich, ohne ein Wort zu sagen, hoch. Kaum hatte er den Raum verlassen, untersuchte Pfeifer die Unterlagen auf dem Tisch. Was hatte seinen Kollegen so in Bann geschlagen? Die Zeitschrift ›Germanistik‹, die in der Mitte des Schreibtischs lag, wohl kaum. Darunter aber entdeckte er ein Bändchen, dessen Seiten mit Quadraten gefüllt waren. Sie setzten sich ihrerseits aus kleinen Kästchen zusammen. In manche Kästchen waren Ziffern eingedruckt. Die meisten anderen Kästchen waren mit Zahlen in Bleistiftschrift versehen. ›Sudoku‹ stand auf dem Bändchen, und als Pfeifer die Seiten durchblätterte, stellte er fest, dass die meisten Aufgaben bereits gelöst waren. Er wollte sich wieder seiner eigenen Arbeit zuwenden, da klopfte es. Herein trat sein Kollege Adam.

Aufrecht stand er im Raum wie der Weimarer Geheimrat persönlich. Hatte er Neuigkeiten, was das Verschwinden von Silke Brehme anbelangte? Wollte er ihn, Pfeifer, erneut damit drangsalieren, dass er ihn für dringend tatverdächtig hielt? Adam strich sich mit der linken Hand die Schläfe glatt und blickte sich im Raum um, als müsse er sichergehen, dass er niemanden übersehen hatte. Dann verbeugte er sich leicht: Er habe für Samstagabend ein paar Leute eingeladen. Ob Pfeifer nicht Lust habe dazuzustoßen?

Pfeifer blätterte in einem imaginären Kalender und tat so, als ob es erhebliche Schwierigkeiten gäbe. Er behauptete, da müsse er ein paar Termine verschieben. Dann seufzte er scheinbar schweren Herzens: »Ich denke, das lässt sich einrichten.«

In Wirklichkeit war er so überrascht, dass er, auch nachdem Adam wieder gegangen war, nicht wusste, wo ihm der Kopf stand. Adam lud ihn zu sich nach Hause ein. Möglicherweise würde er dabei Gelegenheit finden, Engler kennenzulernen, den Redakteur des Kulturmagazins. Nicht selten hatte sich Adam seiner guten Bekanntschaft, um nicht zu sagen der freundschaftlichen Kontakte zu diesem bekannten Rundfunkredakteur gerühmt. Und es kam ja auch vor, dass ab und an ein Beitrag von Adam im Rundfunk gesendet wurde, was ihm sicherlich nicht unerhebliche Nebeneinkünfte bescherte, von der Steigerung seines Renommees ganz zu schweigen. Vielleicht würde auch ihm,

Pfeifer, die Gelegenheit geboten, einen Fuß in die Tür zu bekommen. Vielleicht, dass Adam im Stillen viel von seiner Arbeit und seine Person für absolut förderungswürdig hielt. Wahrscheinlich hatte er seinem Kollegen die ganzen Jahre, in denen er mit ihm zu tun hatte, Unrecht getan. Möglicherweise würden sich zwischen ihnen beiden eine enge Freundschaft und eine fruchtbare Partnerschaft entwickeln.

Ja, sie würden zusammenarbeiten. Er, Pfeifer würde in das Gebiet der Goethe-Forschung hinüberwechseln. Natürlich würde auch er die These vertreten, dass Schiller seinem Weimarer Gönner nicht das Wasser reichen konnte, dass er nicht mehr als ein formbarer Lehmklumpen in den geschickten Händen des Weimarer Olympiers war. Pfeifer spürte, wie sein Herz vor freudiger Erregung heftig pochte.

Was sollte er mitbringen? Ein Buch vielleicht? Aber was für ein Buch? Einen der neuen Romane, über die im Augenblick gesprochen wurde? Da müsste er sichergehen, dass Adam den Titel noch nicht in seinem Schrank stehen und vor allem dass er das Werk noch nicht gelesen hatte. Und Doktor Adam hatte grundsätzlich alle Werke gelesen. Zumindest tat er so. Auch er gehörte zu den Menschen, die eine Wissenslücke niemals zugeben würden. Das sei ihm nachgesehen, zumindest in diesem Augenblick. Nein, mit einem Buch konnte er nicht aufwarten, auch nicht mit einer wertvollen Erstausgabe oder einer Ausgabe letzter Hand. Davon abgesehen, dass es schwierig wäre, in der Kürze der Zeit ein geeignetes Exemplar zu besorgen. Er musste auch bedenken, dass sein Mitbringsel nicht zu wertvoll geriet. Daraus hätte Adam schließen können, dass eine Einladung an Pfeifer diesen über die Maßen beeindruckte und ihn dazu verführte, sich ganz besonders unterwürfig zu gebärden. Unter diesen Umständen hielt er eine Flasche Wein als Gastgeschenk für durchaus angebracht, auch wenn sie nicht eben von sehr viel Einfallsreichtum zeugte. Er konnte sich ja für eine bessere Flasche entscheiden. Wo jedoch sollte er sie erwerben? Sieht man einer Flasche Wein an, dass sie aus dem Supermarkt stammt? Natürlich musste er auf eine genaue Bezeichnung achten: Herkunftsregion, Lage,

Produzent, Jahrgang, Traubensorte, Qualitätsprädikat. Er fand, dass der Supermarkt durchaus passable Tropfen bot. Er konnte ja immer noch behaupten, dass er seinen Weinkeller erleichtert habe. Sein Kopf war so voller Gedanken, dass er beschloss, nach Hause zu gehen, ohne die Rückkehr von Jagdhaus abzuwarten. Es gab zuhause auch einige Sachen zu erledigen, bei denen er nebenbei von den Perspektiven träumen konnte, die durch eine engere Zusammenarbeit mit seinem Kollegen Adam eröffnet wurden. Er musste seinen Schreibtisch, seine Wohnung aufräumen. Er sollte sich auch endlich einmal den Mietvertrag vornehmen, den er beim Einzug in seine provisorische Behausung unterschrieben hatte. Es war zu prüfen, wann er aus den Bindungen herauskam und ob er sich eine bessere Wohnung suchen solle, jetzt, da es mit ihm bergauf gehen würde und Frauke ausgeschlossen hatte, dass er zurückkehren konnte.

Am nächsten Tag begab sich Pfeifer in den Supermarkt gleich um die Ecke. Hoffentlich begegnete er nicht jener Frau, die sich häufig vor den alkoholischen Getränken herumtrieb. Sie wohnte ebenfalls in dem Häuserblock. Gelegentlich beobachtete er sie von seinem Fenster aus, wie sie hinter ihrem Mann herlief, einer ungewöhnlich großen und schlanken, stets in einen dunklen Anzug gehüllten, sehr gut aussehenden Person, die mit weit ausgreifenden Schritten auf den Häuserblock zu- oder von ihm wegsteuerte, während die Frau trippelte und ab und zu einen regelrechten Spurt einlegen musste, um den Abstand nicht zu groß werden zu lassen. Beide schienen sie über die Maßen dem Alkohol zuzusprechen. Dem Mann gelang es immerhin, seine Exzesse hinter Contenance und einer zurückhaltenden Korrektheit zu verbergen. Die Frau aber ...

Meistens bemühte sie sich, etwas besonders Passendes zu sagen, wenn Pfeifer sie traf, im Aufzug, allein oder mit ihrem Mann, in der Regel eingehüllt in eine Wolke höherprozentiger Ausdünstungen, was aber schon durch die Anstrengung, sich darstellen zu wollen, sich vermeintlich darstellen zu müssen, ganz und gar unpassend geriet. Ganz davon abgesehen, dass ihre Zunge nur schleppend gehorchte und nicht selten eigene Wege ging.

Mehrmals schon hatte er sie beobachtet, im Supermarkt, vor dem Regal mit den Schnäpsen, wie sie sich von der Versuchung entfernte, dann wieder magisch angezogen wurde, daran vorbeischlenderte, als berge das Gestell Handelsgüter, die sie am wenigsten interessierten. Letztlich aber griff sie doch schnell eine Flasche und ging damit zur Kasse. Vor Kurzem war Pfeifer ihr im Aufzug begegnet; und die Frau hatte plötzlich so hemmungslos die Arme um seinen Hals geschlungen und versucht, ihren nach Fusel stinkenden Mund in sein Gesicht zu quetschen, dass er die gemeinsam benutzte Beförderungszelle zum Stehen brachte und sie drei Stockwerke unter seiner Wohnung verließ.

Nein, die Frau war heute weit und breit nicht zu sehen. Er war aber nicht wenig überrascht, als er vor den Weinregalen auf keinen anderen als Doktor Adam stieß. Er entdeckte ihn, eine Flasche in der Hand, deren Etikett er sich vor Augen hielt, wobei er mit der anderen Hand die Brille nach oben rückte, um unter den Gläsern hindurchsehen zu können. Doktor Adam zuckte zusammen, als Pfeifer ihn ansprach, als fühle er sich ertappt. Tatsächlich begann er sofort, sich zu rechtfertigen. »Wissen Sie, ich kaufe sonst nie in solchen Geschäften. Die Form, wie die Ware angeboten wird, ist mir einfach zu unpersönlich. Kein Respekt mehr vor der Individualität des Kunden und kein Respekt mehr vor der Besonderheit der Güter. Dabei verkaufen sie hier durchaus respektable Weine. Aber schon wie die Flaschen gelagert werden. Hier zum Beispiel ein St. Emilion premier cru Jahrgang 2001. Wie kann man eine solche Flasche aufrecht stellen? Wie kann man sie der Gefahr aussetzen, dass der Korken austrocknet und der Inhalt im Geschmack beeinträchtigt wird? Das zeigt nur, dass die Leute, die sich Geschäftsführer oder Filialleiter nennen, keine Ahnung haben. Aber was halte ich hier Vorträge. Ich habe es eilig und muss mich gleich verabschieden. Bitte erzählen Sie niemandem, dass Sie mich hier angetroffen haben.«

Rudernd stürmte Adam durch das Spalier der Regale und zwängte sich an einer Warteschlange vorbei durch die Engstelle an der Kasse. Pfeifer blickte ihm hinterher. Ihm war klar, dass er sich für sein Gastgeschenk etwas anderes einfallen lassen musste.

IX.

Das Haus, in dem Adam wohnte, war leicht zu finden. Ein Parkplatz nicht. Die Ränder der schmalen Straße, die sich über dem Neckar den Hang entlang zog, waren (auch hier) den Anliegern vorbehalten. Zum Glück hatte Pfeifer noch Zeit, sodass er den Hang wieder hinunter und in einer großen Schleife hinüber zum Karlsplatz fahren konnte. Dort stellte er seinen Wagen in der Tiefgarage ab. Nun aber musste er durch die Steingasse und über die Alte Brücke zur anderen Neckarseite und dort den Hang emporlaufen, sodass er sich dann doch über das akademische Viertel hinaus verspätete.

Er hätte vielleicht besser den Stadtbus oder ein Taxi benutzt, aber seit er sein Auto von der Polizei zurückerhalten hatte – natürlich hatte die Untersuchung nicht die geringste, auf Silke Brehme hinweisende Spur zu Tage gefördert – genoss er die wiedergewonnene Mobilität. Allerdings musste er eingestehen, dass sie ihm in diesem Fall mehr Nach- als Vorteile brachte.

Das Haus fiel über vier Terrassen die steile Halde hinunter. Das Namensschild von Adam fand Pfeifer am Eingangstor zur untersten Wohnung.

»Sie kommen spät, mein Lieber«, empfing ihn Adam. Pfeifer erzählte, dass er bereits einmal vorbeigefahren sei, aber keinen Parkplatz gefunden habe. »Aber hätten Sie sich doch gemeldet«, rief Adam und hob in einer pathetischen Geste die Hände. »Natürlich habe ich für meine Gäste Parkscheine. Sie hätten den Wagen direkt vor dem Treppenabgang abstellen können. Nun ist es, wie es ist. Und Sie sind da. Kommen Sie herein. Sie werden bereits von allen erwartet.«

Bevor sich Pfeifer aus dem Mantel schälte, überreichte er sein Mitbringsel: »Die erweiterte Auflage der literarischen Stadtführungen unseres Lokaldichters. Frisch erschienen. Ich dachte, es ist unwahrscheinlich, dass Sie dieses Buch bereits besitzen.«

»Da habe ich aber Glück gehabt. Ich wollte mir den Band schon die Tage kaufen. War aber zu beschäftigt. Damit machen Sie mir eine große Freude«, rief Adam überschwänglich und half, so gut es ging, Pfeifer aus dem Mantel. »Gestatten Sie, dass ich vorangehe?«

Adam führte Pfeifer auf die Terrasse, die einen unverstellten Blick über den Neckar auf das gegenüberliegende Schloss bot. Vielleicht hätte Pfeifer die Aussicht genossen, zumal die wuchtige Ruine gerade rot zu erstrahlen begann (mit zunehmender Dunkelheit würde sich die Beleuchtung in ein warmes Gelb verwandeln), aber ein kurzer Blick auf die übrigen Gäste erstickte jeden Anflug von guter Laune im Keim. Die Bemerkung Adams, dass man auf ihn gewartet habe, hatte ihn hoffen lassen, eine größere Gesellschaft anzutreffen. Er hatte gedacht, dass jetzt alle Augen auf ihn gerichtet sein würden. Innerlich hatte er sich darauf eingestellt, Engler, den Redakteur des Kulturmagazins, zu begrüßen oder andere namhafte Vertreter der hiesigen Medien beziehungsweise des universitären Bereichs. Zu seiner großen Enttäuschung erblickte er nur zwei Personen, nämlich Jagdhaus und Quast, die mit Sektkelchen in der Hand an der Terrassenbrüstung lehnten und seine Begrüßung erwarteten.

»Professor Quast«, beeilte sich Adam seinen Gast vorzustellen. Aber Pfeifer winkte schnell ab: »Wir kennen uns.«

Dass Quast ihm gegenüber mit Professor betitelt wurde, hielt Pfeifer schon für eine arge Zumutung. Ihm war bekannt, dass Quast eigentlich keiner geregelten Tätigkeit nachging, sondern vom Einkommen seiner Frau lebte und sich als Privatgelehrter ausgab. Seit Kurzem hatte ihn die TH Karlsruhe mit dem Titel eines Honorar-Professors ausgestattet, was Quast verpflichtete, dort Übungen abzuhalten, wofür er keinen Cent Vergütung erhielt. Pfeifer wusste das von Quasts Frau, einer Lehrerin, die er noch vom Studium her kannte und die er vor Kurzem zufällig auf der Straße getroffen hatte. Sie wäre gern auf halbes Deputat gegangen, hatte sie ihm lachend erzählt: »Aber mein Mann ist Professor. Was das kostet. Fahrgeld, Anzüge, Arbeitsmittel.« Er könne nicht einmal dem Finanzamt gegenüber Fahrtkosten,

Verpflegungsaufwand und so weiter geltend machen, da bei der Ausübung dieser Tätigkeit die Gewinnabsicht nicht zu erkennen sei. Auf halbe Stelle zu gehen, könne sie sich nicht leisten.

Quast gab Pfeifer die Hand. Dabei blickte er ihn schweigend und sehr misstrauisch an. Wartete er, wie Pfeifer ihn ansprach?

»Ich bin überrascht, S i e hier zu sehen«, sagte Pfeifer, wobei er das ›Sie‹ über die Maßen betonte.

Einmal hatte Quast im Beisein seiner Frau Pfeifer das ›Du‹ angeboten. Wenn er seine Frau schon vom Studium her kenne, gehöre er ja gleichsam zur Familie, hatte Quast gelacht und alle drei hatten darauf angestoßen. Vierzehn Tage später musste Pfeifer auf einer geselligen Zusammenkunft die Erfahrung machen, dass sich Quast nicht an die getroffene Vereinbarung hielt, sondern konsequent mit ›Sie‹ reagierte. Als Pfeifer in der Hoffnung, Quast werde sich an die Übereinkunft erinnern, demonstrativ die Anredeform wiederholte, bestand Quast ebenso demonstrativ auf dem ›Sie‹, sodass die umstehenden Gäste sich zu den beiden umdrehten, Pfeifer missbilligend musterten und mutmaßten, dass er sich auf äußerst plumpe Art anbiedern wolle. Das war doch kein Gedächtnis-Lapsus, dem Quast hier möglicherweise erlag. Auch kein Rückzug aus einer Vereinbarung, die Quast jetzt am liebsten ungeschehen gemacht hätte. Quast hatte vor vierzehn Tagen die Verbrüderung nur inszeniert, um ihn jetzt in die Falle laufen zu lassen, davon war Pfeifer überzeugt. Und er war darauf hereingefallen. Der entstandene Image-Schaden war schlechterdings nicht wieder gutzumachen. Zumal sich dann Quast brüsk von ihm ab- und einem Nachbarn zugewandt und diesem lautstark erklärt hatte, dass für ihn ein großer Unterschied zwischen den beiden Anredeformen bestehe und er der deutschen Sprache sehr dankbar sei, dass sie ihm hier die Möglichkeit der Differenzierung schenke.

»Auch wir kennen uns«, witzelte Jagdhaus und streckte Pfeifer die Hand entgegen, die Pfeifer aber geflissentlich übersah. Ihm war klar geworden, dass Adam bei seinen Einladungen sortierte. Offensichtlich lud er so ein, dass nur Leute aus einer annähernd gleichen gesellschaftlichen Stellung zusammenkamen. Am Renommee der anderen Gäste konnte man ermessen, wie man selbst von ihm eingeschätzt wurde. Dass Adam ihn mit diesem Möchtegern-Professor und dieser widerlichen Klette von Kollege zusammenbrachte, sprach für sich. Warum hatte sich Adam überhaupt die Mühe gemacht, sie einzuladen? Um Wohlwollen zu demonstrieren und dem Vorwurf der Arroganz zu entgehen? Oder suchte er Publikum für seine Selbstdarstellung in seinen musealen Räumen?

»Na, was sagen Sie zu dieser bescheidenen Behausung?«, grinste Jagdhaus.

»Ich jedenfalls bin zutiefst beeindruckt«, kam Quast Pfeifer zuvor. Der sah sich noch einmal um und warf noch einen Blick in das Wohnzimmer, das er eben durchquert hatte.

»Wenn man die Lage bedenkt, die Größe der Räume und die Ausstattung, kann man sich kaum vorstellen, dass sie vom Einkommen eines wissenschaftlichen Angestellten finanziert werden kann«, bemerkte Pfeifer.

»Meinen Beruf habe ich aus Liebe zur Literatur gewählt und nicht aus ökonomischen Zwängen heraus«, rief Adam, der kurz verschwunden war und nun mit einer Flasche und einem Sektglas zurückkam. »Aber es hat mich auch einige Mühe gekostet, mich hier einzurichten«, dozierte er, während er Pfeifer den Kelch in die Hand drückte und einschenkte. »Wissen Sie, ich habe etwas gegen Massenware, auch bei Möbeln. Noch nie habe ich auch nur einen Fuß in eines dieser Möbelkaufhäuser wie Ikea oder Mann-Mobilia gesetzt. Auch Gebrauchsgegenstände müssen für mich möglichst Einzelstücke und möglichst auch mit einer individuellen Geschichte behaftet sein. Weshalb ich meine Möbel meist antiquarisch kaufe. Zum Glück kann ich viel aus Nachlässen meiner Familie übernehmen. Aber es kommt ja nicht nur auf die Einrichtung, sondern auch auf die Räumlichkeiten an.«

Dann erzählte er, er habe erst in der Altstadt gewohnt. Aber das sei ihm nun doch zu viel verkommene Bohème gewesen. Diese verunreinigten Gassen, wo jeder Trunkenbold glaubt, sich nach Belieben den Finger in den Hals stecken oder sich seiner Notdurft entledigen zu dürfen. Er wundere sich nicht, dass dieser

Ansammlung alter, aber verschandelter Gemäuer von der ›UNO‹ das Prädikat ›Weltkulturerbe‹ verweigert worden sei. Da könne man ja gleich jede Latrine zum Kulturgut der Menschheit erklären. Aus Verzweiflung und weil er glaubte, ein gutes Wohnungsangebot wahrnehmen zu müssen, sei er dann in die Weststadt gezogen. Dabei sei ihm nicht klar gewesen, dass dieses Gründerstilviertel hauptsächlich von Grünen und Alternativen bevölkert werde. Und die glaubten, dort ihre ideologischen Marotten ausleben zu können. Als sein Vermieter das Dach erneuern wollte, was dringend nötig gewesen sei, habe ein einschlägig bekannter Hobby-Ornithologe Widerspruch eingelegt. Begründung: Unter den Überständen hätten Mauersegler Nistplätze angelegt, die um jeden Preis geschützt werden müssten. Der Hauseigentümer sei gezwungen gewesen, durch eine komplizierte und teuere Konstruktion den Vögeln Ersatzunterkünfte anzubieten, bevor er die dringend nötigen Restaurierungsarbeiten durchführen durfte. Es sei doch klar, dass diese wildgewordenen Weltverbesserer auch hinter den städtisch angeordneten Verkehrsschikanen steckten. Wer verhindere grüne Wellen? Wer blockiere den Verkehr durch eine unsinnige Ampelregelung? Wer setze sich im Gemeinderat für die Sperrung von Zufahrtsstraßen ein, die das besagte Viertel belasten könnten? Immer diese kleine Fraktion, auf welche die bisherige Oberbürgermeisterin angewiesen gewesen sei. Wie denn die Menschen aus dem Odenwald, die in Mannheim oder Ludwigshafen ihren Lebensunterhalt verdienen, dorthin gelangen sollten, wenn nicht über Heidelberg, habe er einen dieser erklärten Heilsbringer gefragt. Ohne zu überlegen, habe der geantwortet: Die könnten doch über Leimen fahren oder gleich nach Ludwigshafen ziehen. Obendrein habe ihm dieser selbsterklärte Naturapostel noch einen Vortrag über die Zersiedelung der Landschaft gehalten, der unbedingt mit einer Verdichtung des Wohnraums zu begegnen sei. Nun aber, wo die gepriesene Wohnraumverdichtung vor ihrer eigenen Nase drohe, wo tüchtige Immobilienfirmen nach unbebauten Grundstücken fahndeten, setzten sich diese Chaoten lautstark für die Erhaltung von Gärten ein. Eine solche ideologische Verbrämung einer egoistischen Sehnsucht nach Idylle wäre schon allein ein Grund gewesen, das Weite zu suchen. In erster Linie aber sei der Wohnort, das Viertel, die Straße, das Haus wie die eigentlichen Räume selbst eine Frage des Ambientes, also eine Frage des Stils. Und in dieser Hinsicht sei ihm gar nichts anderes übrig geblieben, als nach Neuenheim zu ziehen und auch da nicht in die Ebene, sondern möglichst in die Gegend, wo altertümliche Villen von den Hängen aus auf die unter ihnen hingewürfelten Dächer blicken. Auch am Hang gebe es gleichsam noch eine Hierarchie von Adressen. Hier, über dem Neckartal, mit Blick auf die Altstadt und hinüber zum Schloss wohne er im wahrsten Sinne auf der Sonnenseite. Von der Lage her sei diese Wohnung nicht mehr zu toppen. Natürlich gäbe es gute Gründe, ins Grüne zu ziehen, vielleicht nach Ziegelhausen oder nach Wilhelmsfeld. Aber in diesen Stadtteilen und Gemeinden wären Räumlichkeiten, wie er sie bewohne, höchstens durch eine Villa mit mindestens einem eigenen Schwimmbad zu ersetzen. Und wenn man sich in die Ebene, zum Beispiel Richtung Schwetzingen begebe, müsste ein solches Haus schon von einem größeren Park und einer angelegten Auffahrtsallee umgeben sein.

Während dieser Suada hatte Adam seine Gäste ins Wohnzimmer dirigiert und um den Esstisch gruppiert: »Und jetzt entschuldigen Sie mich«, beendete er seinen Redeschwall. »Ich muss nun für das leibliche Wohl sorgen.«

Adam zog sich in die Küche zurück, und Quast erzählte, er wohne auf der anderen Seite des Neckars in Schlierbach am Hang. Früher habe man dort Aussätzige in einem Pflegeheim untergebracht. Der Gutleutehof, so der Name des Gebäudes, sei 1880 abgebrannt. Darüber musste Jagdhaus lachen. »Immerhin ein Ort mit Geschichte, mit einer äußerst interessanten historischen Entwicklung, wenn man bedenkt, dass heute hochkarätige Akademiker dort residieren, wo früher Menschen gepflegt wurden, die aus der Gesellschaft ausgeschlossen waren.«

Pfeifer blickte sich im Wohnzimmer um. Quast, Jagdhaus und er saßen auf zierlichen Stühlen mit geschwungenen Beinen aus dunklem, lackiertem Holz (vielleicht Louis quinze oder seize?).

Drei Sitzmöbel um den ovalen Tisch im gleichen Stil waren frei, sodass er den durchwirkten, aber leicht verschlissenen Brokatbezug erkennen konnte. An der Wand ein zierliches Sideboard mit bauchigen Schubladen. Schräg gegenüber eine Anrichte, in deren Vitrine Gläser zu sehen waren. Das Geschirr vermutete Pfeifer im unteren Teil, hinter den mit Intarsien verzierten Türen. An den Wänden hingen verschiedene Aquarelle in leuchtenden Farben, in denen Pfeifer den lyrischen, fast naiven Stil eines Heidelberger Malers erkannte: Der Dilsberg, an dessen Hang ein riesiges Rapsfeld gelb leuchtete, Landschaften der Toskana mit markanten Zypressen, Die Alte Brücke mit dem Heidelberger Schloss aus der bekannten Postkartenperspektive, aber mit den Augen eines Malers wie zum ersten Mal gesehen.

»Was für schöne Bilder Sie haben. Sind das alles Originale?«, bemerkte Pfeifer, als Adam zurückkam und eine Kürbiscrème-Suppe mit Shrimps servierte.

Er hasse Reproduktionen, erklärte Adam und beugte sich über seine Suppenschale. Und während alle zu löffeln begannen, mussten sie einen Vortrag über ›die Aura eines Kunstwerks‹ über sich ergehen lassen, dass diese Aura an Ort und Zeit gebunden sei, ein Kunstwerk besitze am Morgen eine andere Aura als am Abend, im Frühling eine andere als im Herbst, bei einfallendem Sonnenlicht eine andere als bei wolkenbedecktem Himmel. Entferne man ein Kunstwerk von seinem Ort, könne es sein, dass es seine Aura verliere oder an einem anderen Platz seine Aura erst gewinne. Danach widmete er sich dem Servieren des zweiten Gangs, einem leichten Salat mit Brunnenkresse-Dressing. Pfeifer fühlte sich genötigt, den Salat zu loben, nur um den Übergang zu einem, wie er meinte, sehr passenden Gesprächsstoff zu finden. Er erzählte nun von einem Feinschmecker-Restaurant an der Costa Brava, drei Sterne, von dem er gelesen habe. Der Koch sei so ambitioniert, dass man ihn als einen der arriviertesten Künstler seines Fachs auf die ›Documenta‹ eingeladen habe. Das Besondere seiner Küche: Der Geschmack der Speisen werde in einer Art Chemielabor synthetisch hergestellt. Vor allem gehe es darum, ganz neue Nuancen herauszukitzeln. So stelle er zum Beispiel auch salziges Speiseeis her. Er persönlich könne natürlich händeringend auf solche kulinarischen Experimente verzichten und würde der Kochkunst von Doktor Adam jederzeit den Vorzug geben.

Adam aber widersprach. Während bei den meisten Menschen Geschmack eine Sache von Gewohnheit sei, führte er aus, suchten wahre Feinschmecker nach neuen Zungen- und Gaumensensationen oder strebten danach, dem bekannten Geschmack noch eine neue Variante hinzuzufügen. Ganz ausgesuchten Feinschmeckern gelänge es dabei, den eigenen Ekel zu überwinden, oder vielleicht sei es das Spiel mit dem Ekel, das die Sensationen auf die Spitze treibe: Froschschenkel, Schnecken, gegrillte Ameisen, lebende Austern, fast rohes Fleisch oder die synthetischen Kreationen der Köche im ›Bulli‹ im Norden der Costa Brava. In einem Tokioter Restaurant würden Speisen aus kleinen Kloschüsseln und in Form von Exkrementen serviert. Letzteres gehe ihm zwar zu weit, grundsätzlich jedoch könne er, Klaus Adam, solchen avantgardistischen Geschmacksexperimenten durchaus einen Reiz abgewinnen. Wenngleich er natürlich in seiner Rolle als Gastgeber solche Wagnisse lieber unterlasse.

Während des dritten Gangs, Saltimbocca alla Marsala, wurden Anekdoten zum Besten gegeben.

Pfeifer erzählte, er möge kein blutiges Fleisch. In Frankreich habe er einmal ein Rindersteak bestellt und sei gefragt worden, wie er das Fleisch wünsche. »Durchgebraten«, habe er geantwortet. Der Ober habe ihn entsetzt angeschaut: Bei ihnen heiße ein solches Stück Fleisch ›boîte‹, auf Deutsch Karton, Kasten. Dafür würde sich die Küche nicht hergeben. Das Äußerste, was er verlangen könne, sei ›à point‹.

Quast berichtete, vor längerer Zeit sei er einmal in einem Restaurant oder besser einem Ausflugslokal auf der französischen Seite der elsässisch-pfälzischen Grenze eingekehrt. An einem langen Tisch neben ihm zwei würdevolle, ältere Damen. Sie bestellten Pilzcreme-Suppe als Vorspeise, Forelle blau als Entrée und Entrecôte mit Pommes frites als Hauptspeise. Was das Dessert anbelangte, so wollten sie dies nach dem Hauptgang entscheiden. Die beiden Damen mussten lange, lange warten. Mehrmals reklamierten sie höflich und wurden von der Bedienung, einer resoluten, stämmigen Alemannin, vertröstet: »Ihr Essen kommt gleich.« Er, Quast, hatte seine Portion längst vertilgt und schickte sich an zu zahlen, da kamen die Teller für die Damen: die Suppen, die Forellen, die Entrecôtes, alles auf einmal. Als sich die beiden Damen überrascht zeigten, fuhr ihnen die resolute Alemannin in die Parade: »Warum bestellen Sie auch so viel?«

Jagdhaus ergänzte, Anlass zur Heiterkeit böten auch immer wieder Übersetzungen von Speisekarten. In Frankreich habe er einmal ›Assiette des crudités‹ ins Deutsche übertragen mit ›Kleine Rohheiten‹ bezeichnet gefunden.

Zum Nachtisch servierte Adam hausgemachte Mousse au Chocolat mit Früchten. Und während sie die cremige Paste auf der Zunge zergehen ließen, kam Quast auf das Thema ›Documenta‹ zurück. Ob er sie denn selbst besucht habe, wollte er von Pfeifer wissen.

Pfeifer überlegte, ob seine Informationen ausreichten, um einen tatsächlichen Besuch vorzutäuschen. Er kam zu dem Schluss, dass er sich an das Gespräch am Mittagstisch, das er vor ein paar Tagen erlebt hatte, noch gut genug erinnere, um die wichtigsten Argumentationsstränge reproduzieren zu können.

»Ja«, antwortete er. Aber wenn die Frage darauf abziele, ob sich ein Besuch lohne, dann könne er nur sagen: Man müsse das Mohnfeld vor dem Fridericianum oder die Reisterrasse auf der Wilhelmshöhe nicht unbedingt gesehen haben. Einige Exponate hätten ihm sehr gut gefallen. Er könne sich jedoch des Eindrucks nicht erwehren, dass hier Scharlatane am Werk seien, denen aufgrund ihres Namens enorme Mittel bereitgestellt würden, um einen oft platten Einfall auf provozierende Weise umzusetzen. Zwar vertrete er durchaus die Meinung, dass der Kunstbegriff nicht allzu stark eingeengt werden dürfe, aber er sei doch immer wieder erstaunt, was da alles zur Kunst erklärt werde. Letztlich sei zu überlegen, ob Kunst nicht erst durch die Vermarktung entstehe. Die Wertschätzung eines Kunstwerks sei am Preis abzulesen, der auf dem Markt erzielt werde. Die eigentliche Kunst bestehe in der Vermarktung eines Objekts. Alle Prämissen, die eine Auseinandersetzung mit dem Objekt nahe legten, wie die Theorie, in deren Zusammenhang das Objekt stehe und gedeutet werden könne, der Bekanntheitsgrad des Künstlers zum Beispiel auch aufgrund seines beruflichen Werdegangs, seien nichts anderes als Teil von Vermarktungsstrategien.

Pfeifer blickte erwartungsvoll in die Runde. Zu seiner Enttäuschung verspürte wohl niemand Lust, den Gesprächsfaden aufzugreifen. Vielmehr blickten alle betreten auf ihre Dessertteller, als ob sie Zeuge einer peinlichen Entgleisung geworden wären. Bis Quast unvermittelt ausrief: »Was für einen wundervollen Flügel Sie da haben. Wollen Sie uns nicht nach diesem guten Menü vielleicht noch eine kleine musikalische Kostprobe reichen?«

Als hätte er nur auf das Stichwort gewartet, setzte sich Adam vor das schwarzglänzende Instrument und schlug den Deckel zurück. »Wenn es dem allgemeinen Wunsch entspricht«, sagte er und griff, ohne eine Antwort abzuwarten, in die Tasten. Pfeifer erkannte eine Passage aus dem Klavierkonzert Nummer 1 von Tschaikowsky und in dem Bombast, mit dem Adam das Instrument bearbeitete, einen übertriebenen Abklatsch des Stils von Richard Clayderman. Dennoch applaudierte auch er, als Adam seine Vorführung mit einer kleinen Verbeugung beendete.

»Wussten Sie«, bemerkte Adam, als er sich zurück an den Tisch setzte, »dass Steinway-Flügel heute noch weitgehend in Handarbeit hergestellt werden? Rund zwanzig Schichten Hartholz mit horizontalem Faserverlauf werden in einem Arbeitsgang verpresst. Manche Fertigungstechniken, wie zum Beispiel die Herstellung des Resonanzbodens, bleiben nach wie vor ein gehütetes Geheimnis. Jedes Instrument hat einen eigenen Klang.«

Aus dieser Bemerkung entwickelte sich ein Gespräch über Instrumente, an dem sich Pfeifer kaum beteiligen konnte. Adam räumte den Tisch ab. Dann kam er aus der Küche zurück, verharrte im Stehen, wartete ab, bis sich alle Unterhaltungen gelegt hatten, und überraschte, indem er gewichtig den Zeigefinger hob, mit der Frage, was man davon halte, wenn man versuchen würde, Quast ans Literaturwissenschaftliche Institut von Heidelberg zu holen. Fast hätte sich Pfeifer, der an seinem Weinglas nippte, verschluckt. Seltsam. Alle blickten auf ihn, und schlagartig wurde ihm klar, dass die Frage nur ihm galt. Schlimmer noch. Er war einzig und allein eingeladen worden, um sich dieser Frage stellen zu müssen.

Im Prinzip sei er dafür, beeilte er sich zu beteuern. Doch sehe er im Augenblick nicht, wo eine Stelle frei werde. Er habe eher den Eindruck, durch verordnete Sparmaßnahmen seien auch akademische Arbeitsplätze vom Rotstift bedroht.

»Wo ein Wille ist, ist auch ein Weg«, antwortete Adam. Und Mittel seien immer vorhanden. Die Frage sei, für was oder für wen sie bereitgestellt würden. Und Quast sei in jedem Fall eine Kapazität, um die man sich bemühen müsse, auch wenn andere dabei auf der Strecke blieben.

Wen er denn mit ›andere‹ meine, wollte Pfeifer wissen. Aber Adam winkte ab. Das sei nur so dahergesagt gewesen. Dann fragte er, ob jemand vielleicht noch einen Espresso wünsche?

Als Pfeifer die Wohnung Adams verließ, merkte er, dass er dem Wein entgegen aller Vorsicht zu stark zugesprochen hatte. Ohne das Treppengeländer wäre es ihm wohl kaum gelungen, sich zu stabilisieren. In seinem Kopf flogen die Gedanken durcheinander wie Kleidungsstücke in der Trommel einer Waschmaschine: Richard Clayderman, Steinway, Tschaikowsky, Fridericianum, Wilhelmshöhe, Documenta, Bulli, Costa Brava ... Ein Satz aber tauchte immer wieder auf: »Ich muss ihn aus dem Weg räumen.«

X.

Als Philologe hätte er wissen müssen, wie sehr es auf Formulierungen ankommt und welche bindende Kraft ihnen innewohnen kann. Er hatte den Mietvertrag vor ein paar Monaten unterschrieben, ohne ihn gelesen zu haben. Nun belehrte ihn ein Blick in das Dokument, dass er sich für mindestens zwei Jahre festgelegt hatte. Es war ihm verwehrt, sofort wieder auszuziehen. Es sei denn, er riskierte beträchtliche finanzielle Verluste. Ganz davon abgesehen, dass er auf die Schnelle auch keine andere geeignete Behausung fände.

Er würde sich also noch eine geraume Zeit mit diesen dubiosen Hausbewohnern arrangieren müssen, mit der stets betrunkenen Frau, die sich im Supermarkt vor dem Spirituosen-Regal herumzudrücken pflegte, wenn sie nicht auf der Straße im gebührenden Abstand hinter ihrem Mann hertrippelte, und mit der Frau, die über ihm wohnte, bei der sich regelmäßig lautstarke und handfeste Auseinandersetzungen abzuspielen schienen. Er vermutete, dass sie dem horizontalen Gewerbe nachging. Vor Kurzem hatte er miterlebt, dass sie von seinem Nachbarn, einem pensionierten Richter, aus der Wohnung herausgeschoben wurde, was dem Richter offenbar nicht schnell genug ging. Vermutlich war ihm peinlich, dass er, Pfeifer, ihn bei diesem Vorkommnis ertappte.

Er musste sich nun auch endgültig damit abfinden, dass er nicht nach Hause zurückkehren konnte, jawohl: *nach Hause* zu Frauke und Helène. Es war einmal mehr ein Moment, in dem er sich in die Geborgenheit seiner Familie zurücksehnte. Frauke hatte ihm den Rückzug abgeschnitten. Nun blieb ihm nichts anderes übrig, als sich einzurichten – in der Fremde.

Das hieß, dass er sich wenigstens ein paar Möbel anschaffen musste: Ein weiteres Regal für seine Bücher, einen Esstisch mit vier Stühlen, groß durfte der Tisch nicht sein, und ein ordentliches Bett. Dass er auf einer Schaumstoff-Matratze am Boden schlief, konnte kein Dauerzustand werden.

So machte er sich auf den Weg zu dem schwedischen Möbelhaus am Rande von Walldorf. Auf der Autobahn fuhr er ein kurzes Stück nach Süden. Er lauschte den Kalauern eines Moderatorenduos, das bemüht war, gute Laune zu verbreiten. Und er dachte daran, wie er mit Frauke die erste gemeinsame Wohnungseinrichtung zusammengekauft hatte: der Stress beim Versuch, an Personal heranzukommen, das Gefühl, sich auch bei der Beratung beeilen zu müssen, weil andere Kunden bereits ungeduldig warteten, die Schlangen an der Kasse, das Problem, die erworbenen Stücke im Auto oder auf dem geliehenen Gepäckträger zu verstauen, die Aufregung zu Hause beim Montieren der Einzelteile mithilfe einer Anleitung, die aus geheimnisvollen und für ihn völlig unverständlichen Piktogrammen bestand.

Das Firmenlogo prangte ihm über dem Waldrand auf der linken Seite bald entgegen. Er nahm die Ausfahrt und steuerte den Wagen auf das Parkgelände des großen Möbelhauses. Pfeifer war wieder einmal erstaunt, wie viele Menschen an einem Werktag Zeit fanden, dort einzukaufen. Er drückte sich rasch an meist jungen Paaren vorbei, bestrebt, möglichst schnell in die Abteilung zu gelangen, in denen Esstische und Stühle ausgestellt waren. Erwartungsgemäß wurde er bei seinen Bemühungen, an einen Berater heranzukommen, auf eine harte Probe gestellt. Als es ihm endlich gelang, und ein gelbblau uniformierter Verkäufer sich ihm zuwenden wollte, glaubte Pfeifer plötzlich hinter einem Schrank das Gesicht von Jagdhaus hervorlugen zu sehen – nur für einen kurzen Moment. Pfeifer blickte genauer hin. Da war es wieder verschwunden. Dieses Erlebnis versetzte ihn so in Panik, dass er den verdutzten Berater stehen ließ und fluchtartig das Weite suchte. Er irrte durch die Wohnzimmer-, Schlafzimmer-, Küchen- und Bäderabteilung, bahnte sich seinen Weg zwischen Schränken, Polstergarnituren, Tischen, Spiegeln, Vitrinen und Regalen hindurch hinunter ins Erdgeschoss, immer mit dem Gefühl, Jagdhausens Augen hingen ihm im Nacken. Er erreichte die Kasse und drückte sich mit erhobenen Händen, als müsse er sich ergeben, an der Schlange und der gelbblau bedressten Angestellten vorbei.

Am nächsten Tag saß Jagdhaus ihm in ihrer beider Arbeitszimmer wie gewohnt gegenüber. Nichts deutete darauf hin, dass sein Kollege ihn gestern beobachtet hatte. Als Pfeifer ihn jedoch bat, für ihn ein paar Bücher von der Unibibliothek zu holen, grinste Jagdhaus frech. In den letzten Wochen war er solchen Bitten stets eifrig nachgekommen. Ja, er hatte sich förmlich danach gedrängt, ihm zu Diensten zu sein. Nun bemerkte er spöttisch: »Übrigens habe ich Sie gestern bei Ikea gesehen. Ich wusste gar nicht, dass Sie eine Vorliebe für dieses Möbelangebot pflegen.« Er betonte das Wort ›Vorliebe‹, als handele es sich dabei um eine ganz besonders perverse Praxis. Für Jagdhaus schien ausgemacht, dass damit die Entdeckung seines Ausflugs auf pornografische Webseiten mehr als abgegolten sei, und Pfeifer konnte nicht anders, als die eklatante geschmackliche Verfehlung zu rechtfertigen. Er habe sich dort nur für eine gute Bekannte kundig gemacht. In seine eigene Wohnung komme natürlich kein Einrichtungsgegenstand aus dieser industriellen Massenproduktion, wenngleich manche Stücke, das müsse er zugeben, durchaus geschmackliche Reize böten. Aber Massenproduktion bleibe eben Massenproduktion.

Jagdhaus sah ihn scharf an. Dann antwortete er betont langsam: Er werde sich übrigens, so weit es in seinen Kräften stehe, für eine Festanstellung von Professor Quast einsetzen.

Diese Bemerkung hatte Pfeifer so in Wallung versetzt, dass er spontan das Bedürfnis verspürte, seine Mordabsichten auf seinen Kollegen auszudehnen. In seiner Gegenwart würde er keinen klaren Gedanken mehr fassen, geschweige denn sich auf eine ernsthafte Arbeit konzentrieren können. So hatte er sich, Unpässlichkeit vorschützend, entschuldigt und sich in seine Behausung zurückgezogen. Jetzt saß er am Schreibtisch, blickte hinüber zum Heiligenberg und überlegte, wie er Adam aus dem Weg räumen könne.

Nahe läge, ihn zu erschießen. Dies schien ihm die gängigste Methode, wenn es darum ging, einzelne Menschen ins Jenseits zu befördern, von vielen Gangstern, von vielen Helden praktiziert, in vielen Texten, in vielen Filmen fiktional nachvollzogen und häufig sogar in eine ästhetische Form gebracht. Der Allmacht, die von einer solchen Distanzwaffe ausgeht, haftet etwas von der Allmacht Gottes an, von dem göttlichen Recht zu strafen. Der Vollzug der Tat gleicht einem wenig emotionsgeladenen Akt. Auf die Vervollkommnung der Technik kommt es an. Ein einziger, gezielter Schuss, der selbst dem Opfer noch kurz die Züge einer staunenden Bewunderung ins Gesicht bläst, bevor diese dann endgültig erschlaffen. Der Tod durch eine Kugel galt vielmals als die ehrenhafteste Methode, wenn jemand zu wählen hatte, wie er aus dem Leben scheiden wolle. Oft war sie nur Männern oder gar nur Offizieren vorbehalten. Eine männliche Methode also, wie der Giftmord hauptsächlich Frauen zugeordnet wird oder der Einsatz eines Messers von einer triebgesteuerten, wenig kultivierten Handlungsweise kündet. Mit Schusswaffen haben sich Helden im Zweikampf gemessen. Wenn alles mit rechten Dingen zugeht, steht hinter diesen meistens auch das Gewaltmonopol des Staates. Diese Attribute würde er Adam schon zubilligen wollen, wie er sie bevorzugt auch für sich in Anspruch nähme. Das Problem war nur, wie sollte er sich ein Schießeisen besorgen?

Er hatte gehört, man müsse sich nur ins Frankfurter Bahnhofsviertel begeben. Dort könne man jederzeit eine Pistole oder einen Revolver erwerben. Er aber hatte keine Ahnung und konnte sich auch nicht vorstellen, wie man sich in einem solchen Milieu bewegt, wie man entsprechende Personen kontaktiert und den Deal durchführt, ohne selbst Opfer eines Verbrechens zu werden. Und selbst wenn ihm dies gelänge, wäre eine Schusswaffe ein Instrument, an dem meist viele Spuren vergangener Verbrechen haften und das bei einem erneuten Einsatz Spuren hinterlassen würde. Unwahrscheinlich, dass diese ihn nicht verrieten. Davon abgesehen, dass er erst lernen müsste, mit einem Revolver oder einer Pistole umzugehen. Nein. So sehr er Adam einen würdigen Abgang zugestehen würde, ihn zu erschießen, kam nicht in Betracht. Er musste sich etwas anderes ausdenken.

Er sah auf die Uhr. Zeit, sich auf den Weg zu seinem Therapeuten zu machen. Er überlegte noch, ob er Doktor Mühsam an seinen Mordgedanken teilhaben lassen solle. Sein Seelendoktor war ganz versessen auf seine Krimi-Erzählungen. Ihm aber fiel ein, dass er mit seiner letzten Geschichte, die davon handelte, wie er eine Leiche verschwinden lässt, noch nicht zu Ende gekommen war.

Im Flur des mehrstöckigen Jugendstilhauses wieder eine vollständige Fahrradfamilie: ein Kinder-, ein Damen-, ein Herrenrad. Als Pfeifer die Treppe hinaufstieg, hastete ein kleiner Junge hinter ihm her. ›Der hat es wohl eilig‹, dachte Pfeifer. Der Junge rannte an ihm vorbei, drehte sich um und grinste: »Überholt.« Dann stapfte der Wicht gemächlich weiter, sodass Pfeifer nicht umhin konnte, ihn nun seinerseits zu überholen. Er hätte gerne eine witzige Bemerkung gemacht. Aber ihm fiel nichts ein. So schritt er, starr geradeaus blickend, voran, froh darüber, dass der Kleine nicht erneut zu einem seiner Spiele ansetzte.

Doktor Mühsam begrüßte ihn, wie gewohnt, mit starkem Händedruck und blickte ihm tief in die Augen. Da Pfeifer sich leicht verspätet hatte, wurde er nicht ins Wartezimmer, sondern sofort ins Behandlungszimmer dirigiert. Er fragte sich, ob die schwarze Ledercouch, auf die er sich nun hinstreckte, auch nur ein Ikea-Möbel oder vielleicht ein wertvolles Einzelstück mit einer individuellen Geschichte und einer eigenen Aura sei. Er hätte sich gerne danach erkundigt oder sie zumindest einer kurzen, diskreten Prüfung unterzogen, aber er kam gar nicht dazu. Kaum hatte er seinen Körper in eine einigermaßen bequeme Position gebracht und den Masken an der Wand zugezwinkert, hörte er Doktor Mühsam hinter seinem Kopf befehlen: »Bei der letzten Sitzung haben Sie erzählt, wie Sie die Leiche dieser Studentin in eine Fichtenschonung gezerrt haben. Dann haben Sie sich nach Hause begeben und sich schlafen gelegt. Bitte fahren Sie an dieser Stelle fort.«

Pfeifer wurde getragen von einer fröhlichen Souveränität. Er hatte den Eindruck, dass er mit seiner Erzählung, trotz des kurzen emotionalen Einbruchs, einen vollen Erfolg verbuchen konnte. Er war sich sicher, dass er sich in dieser Stunde ganz unter Kontrolle haben würde. Er schloss die Lider, besann sich einen Moment. Dann legte er los:

»Als ich aufwachte, stand die Szene sofort wieder vor meinen Augen: Ich hatte die Leiche unter den Schultern gepackt und sie in die Fichtenschonung hineingezogen. In meiner Nase der Geruch des frischen Laubs, der abgelöst wurde von dem kühlen Modergeruch. Sofort auch wieder die Kopfschmerzen und unverändert die tastbare Beule am hinteren Teil meines Schädels. Ein Blick auf die Uhr. Ich hatte ein paar Stunden geschlafen. Draußen waren Wolken aufgezogen. Feuchtigkeit glänzte auf den Dächern und hatte den Asphalt dunkler gefärbt. Ich öffnete das Fenster. Nasse Frühlingsluft schlug mir entgegen und in der Ferne flötete eine Amsel. An sich keine schlechten Voraussetzungen für mein Vorhaben. Regen verwischt Spuren. Wenn er nur nicht zu stark werden würde.«

Es amüsierte Pfeifer, dass Doktor Mühsam sich eifrig Notizen machte. Vielleicht würde er seine Erzählungen eines Tages als gesammelte Mordgeschichten veröffentlichen. Oder er arbeitete an einer psychoanalytischen Theorie, in die er, Pfeifer, als interessante Fallstudie Eingang finden würde. Der Gedanke beflügelte ihn und er fabulierte weiter:

»Als die Dämmerung hereinbrach, machte ich mich mit meinem Wagen auf den Weg hinüber nach Schwetzingen und von dort weiter zur Fichtenschonung.

Dort war es bereits so dunkel, dass ich mich mit der Taschenlampe orientieren musste. Die Leiche war unverändert, aber nun so starr, dass ich den Eindruck hatte, jetzt erst sei der letzte Rest Leben aus ihr gewichen, nun sei ein Spiel endgültig umgekippt. Das durchnässte Kleid klebte auf der Haut der Toten, aber der erotische Reiz, den der Anblick der lebenden jungen Frau einst auf mich ausgeübt hatte, war versiegt, gänzlich. Es lag nicht an dem leichten Nieselregen, dass mir Schauder über den Rücken liefen.«

Aus den kaum merklich geöffneten Augenlidern schielte Pfeifer hinüber zu den afrikanischen Figuren auf dem Sideboard: ein Elefant, eine Giraffe und ein Pferd. Sie alle rührten sich nicht. Ihre Magie schien erloschen. Im Gegenteil. Er war es, der sie in Bann schlug, mit seiner Geschichte:

»Ich wähle eine Stelle neben der Fichtenschonung aus. Dort will ich die Leiche unter die Erde bringen, unter hohen Laubbäumen. Das hat den Vorteil, dass das Restlicht genügt, um die Grube auszuheben. Ich kann also auf die Taschenlampe verzichten, die mich vielleicht verraten würde. Hier darf ich mit weniger Wurzelwerk rechnen und nach vollendeter Arbeit lässt sich die modrige Blätterschicht über die Grabstelle verteilen. Der leichte Regen wird ein Übriges tun und die Spuren meines nächtlichen Werks verwischen.«

Um die Spannung zu erhöhen, machte Pfeifer eine Pause. Auch um Doktor Mühsam Gelegenheit zu geben, Einwände vorzubringen. Auf jeden Fall wollte er ihn zu einer Reaktion zwingen. Und tatsächlich forderte ihn der Therapeut in einem barschen Ton auf: »Bitte, sprechen Sie weiter.«

»Ich mache mich also ans Werk. Mit dem Spaten steche ich würfelförmige Ballen aus der Blätter-, Moos- und Pflanzenschicht, bis ich ein genügend großes Rechteck abgetragen habe. Unter dem schwarzen Humus stoße ich tatsächlich auf hellen Sand. Er lässt sich leicht herausschaufeln, sodass sich ein Einsatz des Pickels erübrigt. Allerdings gibt es ein Problem. Der Sand rutscht von den Rändern der Grube zur Mitte hin nach. Die Grenzen der Umrandung muss ich mehrmals nach außen hin erweitern. Dennoch komme ich schnell voran. Ich grabe etwa einen Meter tief. Dann taste ich mich in die Schonung hinein, packe den toten Körper unter den Schultern und ziehe ihn, mich rückwärts bewegend, langsam, um nicht gegen die dicht stehenden Fichten zu stoßen, zur Grube hinüber, lege ihn längsseits und rolle ihn über den Rand hinein. Ich fülle die Grube mit Sand und setze die ausgestochenen Ballen darüber. Die übrig gebliebene Erde verteile ich möglichst gleichmäßig in der Umgebung und ziehe, wo es nur geht, modrige Blätter darüber.«

Über seinem Kopf vernimmt Pfeifer heftiges Atmen. Kein Einwand, kein Kommentar.

»Mein Werk ist vollendet, und mir fällt auf, wie sehr sich meine Augen an die Dunkelheit gewöhnt haben. Obwohl es schon auf Mitternacht zugeht und es weiterhin nieselt, der Himmel sich also in Wolken hüllt, kann ich mich an den schemenhaften Umrissen der Bäume und Büsche orientieren und auch die Bodenbeschaffenheit erkennen. Wahrscheinlich leuchtet über den Wolken ein voller Mond und ein schwacher Widerschein dringt bis zur Erde.

Der sanfte, aber unaufhörliche Regen und der durch die Anstrengung und durch die kaum bezähmbare Erregung hervorgepresste Schweiß haben meine Kleidung ganz und gar durchnässt. Erst jetzt spüre ich die Müdigkeit und eine unwiderstehliche Sehnsucht nach Geborgenheit. Ich sammele das Grabwerkzeug ein und begebe mich zum Wagen.«

Jetzt schwieg Pfeifer und zwar so beharrlich, dass der Therapeut fragte, ob er die Geschichte damit beenden wolle.

Er wisse nicht, wie sie sich sinnvoll weiterentwickeln lasse, antwortete Pfeifer.

Das zeige nur, dass er, Pfeifer, mit seinen Ängsten und Wünschen selbst in eine Sackgasse geraten sei. Man löse Probleme nicht, indem man sie begrabe. Da stecke man gleichsam auch selbst den Kopf in den Sand. Nein, nein. Warum erzähle er keine Geschichten, in denen Verbrechen, statt vertuscht, aufgedeckt würden. Warum nicht ein einziges Mal die Frage, wer die Studentin ermordet haben könne. Vielleicht er selbst. Die eingebildete Amnesie deute doch eher auf einen Verdrängungsprozess hin als auf Fremdverschulden. Er müsse sich seine Tötungsfantasien eingestehen und sich fragen, was die Studentin personifiziere. Vielleicht probiere er sich bei der nächsten Sitzung an einer klassischen Detektivgeschichte. Den Stoff könne er ja durchaus beibehalten.

Mit diesem Ratschlag erklärte Doktor Mühsam die Stunde für beendet. Pfeifer erhob sich, verabschiedete sich im Geiste von den Holzmasken an den Wänden und den afrikanischen Figuren auf dem Sideboard. Im Gehen legte er wie immer zwei Fünfzig-Euro-Scheine in den Zinnteller. Dann stürzte er die Treppe hinunter.

XI.

All die Heimwerker. Sie manövrierten Einkaufswagen mit Tapetenrollen, Farbeimern und langen Holzleisten zwischen den Regalen hindurch. Sie konnten sich vor der Vielzahl von Nägeln und Schrauben nicht entscheiden. Sie nahmen Elektrobohrer, Schleifmaschinen oder andere Werkzeuge in die Hand und sahen sich suchend nach einer Beratung um. Sie waren damit beschäftigt, ihr Zuhause zu gestalten, den Übergangsbereich zwischen Innenwelt und Außenwelt, nach ihren Entwürfen, die eigenen Fertigkeiten meist überschätzend, aber doch glücklich, wenn ihnen etwas gelang, was ihren Vorstellungen nahe kam. Während er, Pfeifer, im Begriff war, absolutes Neuland zu betreten, sich Kräften aussetzte, die er nicht mehr berechnen konnte, getrieben vom Wunsch, eine Entscheidung herbeizuführen, Gerechtigkeit herzustellen, sich Möglichkeiten zu eröffnen.

Sonst ärgerte er sich, wenn er in diesen Märkten niemanden fand, der ihn beraten konnte. Jetzt war er froh, von keinem Verkaufsangestellten angesprochen zu werden. Ob ihm nicht doch neugierige Augen folgten? Vielleicht eine Studentin oder ein Student, deren oder dessen Züge sich einzuprägen er noch keine Gelegenheit hatte. Natürlich kannte er nicht alle Studierenden, die ihrerseits ihn kannten. Im Allgemeinen ein Vorzug, die Voraussetzung für Prominenz. In seiner derzeitigen Lage allerdings ein ausgesprochener Unsicherheitsfaktor.

Dass er sich in den verschiedenen Abteilungen nur mühsam zurechtfand und erst herausbekommen musste, welche die für ihn nützlichen Güter anbot, wies ihn keineswegs als geübten Heimwerker aus, sondern als einen im doppelten Sinne blutigen Anfänger auf dem Gebiet der Handarbeit.

Pfeifer suchte nach Draht. Es sollte dünner Draht sein, eine Metallschnur, die sich geschmeidig um den Hals legt. Damit die Blutzufuhr zum Gehirn und die Sauerstoffzufuhr zur Lunge an der weitgehend ungeschützten Verbindung zwischen Kopf und Rumpf unterbrochen werden konnten, würde er mit aller Kraft zuziehen müssen. Das heißt, der Draht musste stark genug sein, um das auszuhalten. Und er durfte andererseits nicht so glatt sein, dass er aus den Händen rutschte. Einen Augenblick lang amüsierte Pfeifer die Vorstellung, dass er sich einschlägig beraten lassen könnte, dass er einer Fachkraft die Anforderungen an das Material genau schildern würde. Vielleicht würde es sich bei dem Verkäufer um einen solchen Fachidioten handeln, dass er tatsächlich von allen Zusammenhängen absähe und sich ganz und gar auf die Materialeigenschaften konzentrierte. Natürlich war es klüger, auf jede Beratung zu verzichten.

In einer Abteilung fand er neben Holzpfosten, Maschendrahtzaun, Spaten, Rechen, Apfelpflückern und anderem Gartenzubehör auch eine aufgerollte, feine Metallschnur, die ihm geeignet schien. Der Mörder ist immer der Gärtner. Auch in diesem Moment schien sich zu bewahrheiten, dass ein geheimer Zusammenhang zwischen dem scheinbar idyllischen Tätigkeitsfeld und den schlimmsten Kapitalverbrechen besteht.

Dass er an der Kasse den Draht würde vorlegen müssen, war ein Gefahrenmoment, das seiner Strategie, Spuren möglichst zu vermeiden, widersprach. Aber wer achtet schon bei der großen Anzahl an Kunden und der Menge von Verkaufsgütern, die über das Förderband an der Kasse laufen, auf einen Mann, der eine Drahtrolle kauft, und wer kann sich später gegebenenfalls an ihn erinnern? Gelobt sei die Anonymität moderner Einkaufsstätten. Andererseits stellt sich die Frage, wie Täter früher, als eine individuelle Bedienung und eine individuelle Beratung nicht vermieden werden konnten, an ihre Werkzeuge gekommen sind?

Es wäre vielleicht angebracht, an den Drahtenden Holzgriffe zu montieren, damit ihm das Mordinstrument nicht im entscheidenden Augenblick aus den Händen glitte. In einer anderen Abteilung entdeckte er tatsächlich zwei gedrechselte Objekte, durch die in Achsenrichtung eine Öffnung gebohrt war. Dann noch ein Bündel Einweghandschuhe. Es gab sie nicht als Einzelpaare. Sie bestanden aus einem durchsichtigen, sehr dünnen Kunststoff.

An der Kasse legte er sich im Geiste schon Antworten zurecht, falls sich die Verkäuferin zu einer anzüglichen Bemerkung hinreißen ließe. Aber die Frau grüßte ihn, wie die Kunden vor ihm, freundlich, scannte die auf kleine Labels aufgedruckten Barcodes ein, tippte auf ihre Maschine und nannte eine Summe.

Zuhause machte er sich gleich daran, sein Mordinstrument zusammenzubauen. Mit einer Beißzange knipste er cirka einen Meter Draht von der Rolle ab, führte die Enden durch die Kanäle der Holzgriffe und über die gedrechselten Ausbuchtungen zurück. Er verknotete den Draht da, wo er aus der Bohrung ragte. Nicht sehr elegant, aber das Patent versprach, den zu erwartenden Belastungen gewachsen zu sein. Dann holte er sich eine Papprolle aus dem Keller, die sein Vormieter dort zurückgelassen hatte, wahrscheinlich das Relikt einer großflächigen Kunststofffolie, die von Renovierungsarbeiten übrig geblieben war. Die Papprolle stellte er auf einen Stuhl. Ihr oberes Ende erreichte etwa die Höhe, in der sich Adams Hals befinden würde, wenn der aufrecht vor ihm herliefe. Mehrmals warf er die Schlinge mit einer schnellen Bewegung über das Papprohr. Er verknotete den Draht, indem er die Holzgriffe umeinander wandern ließ, als würde er Spitzen klöppeln. Das mehrmalige Umgreifen war der schwierigste Moment. Es musste so schnell geschehen, dass Adam nicht die Zeit finden würde zu begreifen, was ihm da angetan wird. Wenn er zur Gegenwehr ansetzte, müsste der Draht schon so fest um seinen Hals gedrillt sein, dass Adam keine Chance hätte, ihn zu lösen. Dann würde es nicht mehr lange dauern. Adam verlöre erst das Bewusstsein, dann sein Leben. Fast machte die Übung Spaß. Probeweise zog er auch ein paar Einweghandschuhe über. Sie waren unförmig groß, legten sich aber so auf die Haut, dass die Sensibilität der Handflächen und der Finger durch den dünnen Kunststoff weitgehend erhalten blieb.

Im Institut hatte er Adam abgepasst, als dieser, von einer Übung kommend, auf dem Weg zu seinem Arbeitszimmer war. Er müsse ihn dringend sprechen, hatte Pfeifer ihm ins Ohr gezischt: Es handele sich um die anvisierte Stelle für Quast am Literaturwissenschaftlichen Institut. Adam wollte ihn gleich in sein Zimmer bitten, aber Pfeifer wies darauf hin, dass er einen Ort, an dem sie sich ganz und gar ungestört unterhalten könnten, vorzöge. Daraufhin schlug Adam ein Treffen in einem Café oder einem Restaurant vor. Ihm wäre lieber, beharrte Pfeifer, wenn man die Möglichkeit von Zeugen ausschließen würde. Adam hatte gezögert und vermutlich darauf gewartet, dass Pfeifer einen Vorschlag machte. Dann hatte er geseufzt: »Wie wäre es heute Abend bei mir? Ich will sehen, ob sich in meinem Weinkeller noch ein angemessenes Tröpfchen findet.«

Diesmal hatte Pfeifer seinen Wagen gleich im Karlsplatz-Parkhaus abgestellt und sich zu Fuß zu Adams Wohnung hinüberbegeben. Ein trüber Sommerabend, den nur wenige im Freien genießen wollten. Die meisten Tische, die von den Kneipen am Rathausplatz aufgestellt worden waren, blieben leer. Auch in der Steingasse und auf der Alten Brücke nur wenig Passanten. Niemand, der auch nur ansatzweise den Versuch unternahm, ihn zu grüßen, oder der ihm nachschaute. Das glaubte er heimlich beobachtet zu haben. So keuchte er den steilen Hölderlinweg hinauf zu dem Terrassenhaus, in dem sich Adams Wohnung befand.

»Bitte legen Sie ab«, grinste Adam und beeilte sich, Pfeifer aus dem leichten Sommermantel zu helfen. Pfeifer spürte die gönnerhafte Überheblichkeit Adams in seinem Nacken. Mit der Bitte um ein persönliches Gespräch hatte sich Pfeifer zu einer Unterwerfungsgeste hinreißen lassen, die Adam jetzt in vollen Zügen auskosten konnte. Pfeifer gönnte ihm das kurze Glück seiner scheinbaren Überlegenheit. Das erleichterte den nächsten Schritt. Nur musste er aufpassen, dass ihm sein selbstgebasteltes Mordinstrument nicht aus der Innentasche seines Jacketts rutschte, als Adam ihm aus dem Mantel half. Der mochte die Handbewegung zur Brust als Geste deuten, mit der sich Pfeifer des richtigen Sitzes seiner Brieftasche vergewisserte.

»Ich gehe am besten voraus.« Adam wendete sich ab, drehte ihm den Rücken zu und schickte sich an, in den Flur seiner Wohnung hineinzuschreiten. Pfeifer wollte die Drahtschlinge aus der Innentasche ziehen, aber die Holzgriffe verhakten sich, stellten sich quer. Er musste die andere Hand zur Hilfe nehmen. Es schien eine halbe Ewigkeit zu dauern, bis er Draht, Holzgriffe und Stoff so geordnet hatte, dass sich das Instrument endlich herausziehen ließ. Doch Adam war höchstens einen Schritt vorangekommen. Wie er es zu Hause geübt hatte, warf Pfeifer ihm die Schlinge um den Hals. Er verklöppelte die Holzgriffe so schnell, dass er schon hätte zurücktreten können, als Adam die Arme hochwarf und sich zu befreien suchte. In dieser Position konnten Adams Hände nur wenig Kraft entwickeln. Gegen Pfeifer kamen sie nicht an. Und ihre Kraft ließ schnell nach. Adams Körper sackte zusammen. Pfeifer konnte ihn gerade noch auffangen und sanft zu Boden gleiten lassen. Ein dumpfer Aufschlag hätte Mitbewohner des Hauses alarmieren können.

Da lag er nun, einer der Fürsten seiner Zunft, zumindest einer, dessen ganzes Streben darin bestand, seinem Vorbild, dem Weimarer Hofrat, nahezukommen. Alle Überheblichkeit, alle hochtrabenden Gedanken über Texte, Dichter und Literaten, der ganze Pomp der Selbstinszenierung hauchte nun mit dem dahinscheidenden Zellhaufen zu seinen Füßen den Atem aus. Was würde von Adam bleiben? Hatte er etwas verfasst, mit dem sich die Nachwelt auseinandersetzen würde? Wohl kaum. Er, Pfeifer, jedenfalls konnte sich nicht erinnern, von ihm jemals einen wirklich originären Satz gelesen zu haben.

Eigentlich eine Fehlkonstruktion der Schöpfungsgeschichte, dass Lebewesen, deren Ansammlung von Zellen überaus kunstvoll organisiert ist, durch äußere Einwirkung so leicht vernichtet werden können. Wie Pfeifer es auch immer als Widerspruch empfand, dass mit Mühen geborene und mit großem Aufwand aufgezogene Tiere von anderen gejagt, getötet und gefressen werden. Was hat sich die Natur dabei gedacht, dass diese organischen Kunstwerke nur dazu dienen, die Energie für andere zu liefern?

Beim Menschen wird durch äußere Gewalteinflüsse nicht nur ein kunstvoller Organismus zerstört, sondern ein geistiger Kosmos obendrein. Wie viele Genies wurden durch einen vorzeitigen Tod daran gehindert, die ihnen innewohnenden Kräfte zur Entfaltung zu bringen: Georg Büchner, Georg Heym. Auch Schiller hätte der Menschheit sicherlich noch wertvolle Werke beschert, hätte ihn nicht ein unerbittliches Schicksal dahingerafft. Die Unerbittlichkeit solcher Vorgänge kann man nur damit erklären, dass einzelne Wesen im kosmischen Kreislauf der Natur keine Rolle spielen. Der da nun vor ihm lag, hätte nicht einmal eine herausragende Position im zeitlich sehr begrenzten Raum der Kulturgeschichte erreicht – so sehr er auch vortäuschte, eine solche bereits eingenommen zu haben.

Pfeifer stieg über den am Boden liegenden Körper hinweg. Um den Sterbenden musste er sich nicht weiter kümmern. Der festverzurrte Draht würde sein zerstörerisches Werk auch ohne weiteres Zutun vollbringen.

Pfeifer streifte die dünnen Kunststoffhandschuhe über, die er im Baumarkt erworben und in der Hosentasche verstaut hatte. Es galt so viel Unordnung zu erzeugen, dass die Polizei an einen Raubüberfall glauben konnte. Die erste Tür links: das Bad. Pfeifer warf die Handtücher aus den Fächern, leerte den Inhalt eines Kosmetikschränkchens. Möglichst keine allzu lauten Geräusche verursachen. Möglichst keine Flüssigkeiten auslaufen lassen. Er könnte hineintreten und Spuren in Form des Sohlenprofils hinterlassen. Am besten die neuen Schuhe nach der Tat sofort wieder wegwerfen.

In einem Toilettenschränkchen ein Fläschchen, ausgestattet mit einer Dosierpipette wie bei Nasen- oder Augentropfen. Das Etikett aus gewöhnlichem, weißem Papier, auf dem mit einem Filzstift ›GHB‹ geschrieben war. Eine Droge vielleicht? Bediente sich Adam leistungssteigernder Mittel? Pfeifer beschloss, das Fläschchen mitzunehmen und zuhause im Internet nachzuschauen, was diese drei Buchstaben bedeuteten.

Gegenüber das Schlafzimmer. Das hatte er sich gedacht, dass es von einem französischen Doppelbett nahezu ausgefüllt wurde. Wie viele Studentinnen mögen es mit diesem als Frauenschwarm bekannten Beau geteilt haben. Vielleicht auch Silke Brehme? Egal. Auch hier galt es, alle Kleidungsstücke aus den

Einbauschränken zu zerren, alle Schubladen über den Boden, das Bett und zwei Sessel, die an der Wand standen, zu entleeren. In einer Kommode fand er etwas Bargeld, ein Sparbuch und einen Packen Kontoauszüge. Das nahm er an sich. Weniger, um sich zu bereichern, als einen Raubmord vorzutäuschen. Ein Behältnis, in das er alles verstauen konnte, würde sich finden.

Dann Adams Arbeitszimmer, vollgestellt mit Büchern. Der Boden und der Schreibtisch mit Schriften überlagert. Hier war das Chaos ohne Pfeifers Zutun komplett. Nur der Form halber nahm er sich vor, alle Schubladen herauszuziehen und die Regale, die fast alle Wände füllten, wenigstens teilweise zu entleeren. Zuvor aber wollte er einen Blick auf den Schreibtisch werfen.

Was war das? Zwischen all den Papieren sprang ihm sofort der Name ›Silke Brehme‹ ins Auge, und zwar auf dem Deckblatt eines Bündels von Seiten, das mit einer Büroklammer zusammengehalten wurde. Wahrscheinlich eine Semesterarbeit für Adams Seminar. Unter dem Namen der Titel: *Goethe und Schiller. Ein Verhältnis der Kooperation oder der Konkurrenz?*

Warum nicht? Warum sollte Silke Brehme nicht ein Referat für das Seminar von Adam geschrieben haben? Und natürlich befasste sich das Seminar mit Goethe. Und warum sollte Adam den Text nach dem Verschwinden der Verfasserin nicht noch einmal durchgelesen haben? Deshalb lagen die Seiten nun obenauf und darunter ein Briefumschlag, der sie enthalten hatte. Nichts Ungewöhnliches. Dennoch machte der Fund Pfeifer neugierig. Er war versucht, sofort mit dem Lesen zu beginnen. Aber er musste erst seine Arbeit vollenden. Zum Studium der Schrift hatte er zu Hause noch Zeit.

In der Küche fand er einen kleinen Stapel sorgfältig geglätteter Einkaufstüten. Er griff nach der Obersten. ALDI prangte von der Kunststoffhülle. Da hatte sich doch dieser Snob von Adam tatsächlich über diesen Billig-Discounter versorgt.

Zurück im Arbeitszimmer ließ er die bedruckten Seiten in die Tüte gleiten. Dazu das Bargeld, die Kontoauszüge und das Sparbuch. Auf dem Schreibtisch, neben der Stelle, wo die Semesterarbeit gelegen hatte, auch ein weiterer brauner, DIN-A4 Briefumschlag, mit Adams Namen versehen, ohne Anschrift, jedoch offenbar nicht leer. Das Kuvert war unverschlossen, sodass Pfeifer vorsichtig einen Blick hineinwerfen konnte: altes, mit einer altertümlichen Schrift überzogenes Papier. Am besten auch den Umschlag samt Inhalt in die Kunststofftüte gleiten lassen. Zu Hause konnte er das alles genauer untersuchen.

Auch Adams Portemonnaie mit Kreditkarten, das er in einer Schublade fand, ließ er in der Tüte verschwinden. Er verspürte schon keine Lust mehr, weiterhin Unordnung zu schaffen. Er überlegte noch, ob er eines der anscheinend wertvollen Möbelstücke demolieren solle oder auch die teueren Bilder im Wohnzimmer entwenden müsse. Als Raubmörder wäre er sich das eigentlich schuldig. Doch das würde ihn zu lange aufhalten und Lärm verursachen. Mit den Bildern würde er sich nur belasten. Also beschränkte er sich darauf, die Gemälde abzuhängen. So konnte man vermuten, dass er, der Einbrecher, nach einem Tresor gesucht habe. Im Geiste las er schon die Meldung in der Zeitung: Der oder die Raubmörder hätten es wohl ausschließlich auf Bargeld und Kreditkarten abgesehen.

Im Flur musste er über die Leiche von Adam steigen. Fast hätte er vergessen, die Drahtschlinge von Adams Hals zu lösen. Dabei konnte er nicht vermeiden, seinem Widersacher noch einmal in das nun fürchterlich entstellte Gesicht zu sehen. Es zeigte eine blaue Färbung. Die Augen quollen hervor. Wie ein letzter Hilferuf hing die Zunge aus dem aufgerissenen Mund.

Den Draht mit den Holzgriffen stopfte Pfeifer ebenfalls in die Einkaufstüte. Dann verließ er die Wohnung. Auch auf dem Rückweg schien er von niemandem beobachtet zu werden. Die Aussage eines Zeugen würde jedes Alibi zunichte machen.

Zuhause. Kein Blinken des Anrufbeantworters. Niemand, der versucht hatte, ihn zu kontaktieren – zumindest nicht mit solchem Nachdruck, dass sich der Mechanismus in Tätigkeit gesetzt hätte. So könnte er immer behaupten, er habe das Telefon zwar klingeln hören, aber es nicht schnell genug abgehoben. Jetzt war er wieder zu erreichen.

Pfeifer setzte die Tüte ab, holte ein Glas aus der Küche und stellte eine Flasche Whisky auf den Schreibtisch.

XII.

Den Whisky brauchte er. Bei der Tat hatte er die Erregung nicht gespürt. Jetzt flatterten die Hände. Der ganze Körper bebte. Er schüttete die Flüssigkeit in die Kehle und verfolgte den warmen Strom, der durch den Hals in den Magen rann. Von dort breitete sie sich nach allen Seiten aus, bis in die Spitzen der Extremitäten, bis in die Haarspitzen. Pfeifer goss sich noch einmal ein.

Aber sie waren nicht wegzuspülen, die Bilder von Klaus Adam, der leicht ironische Zug um den Mund, als er Pfeifer an der Tür empfing, der gerade Rücken der sportlich durchtrainierten Gestalt, die ihm im Flur voranging, die hilflos in der Luft fuchtelnden Arme, als er ihm die Schlinge um den Hals warf, das blaue Gesicht mit den hervorquellenden Augen. Hatte er sich vergewissert, ob er Adam wirklich getötet hatte? Am liebsten wäre er zurückgegangen, um sich darüber Klarheit zu verschaffen. Der Drang des Verbrechers nach der Rückkehr an den Ort seiner Tat. Dem durfte er nicht nachgeben.

Allmählich legte sich eine weiche Polsterung um seinen Körper. Damit ließ sich das Geschehen zwar nicht vergessen, aber leichter ertragen. Er schenkte sich noch einen Whisky ein. Dann zog er den braunen Umschlag aus der ALDI-Tüte. Aus der darüberliegenden Wohnung drangen dumpfe Poltergeräusche.

Auf dem Deckblatt des Seitenbündels las er:

Goethe und Schiller. Ein Verhältnis der Kooperation oder der Konkurrenz? Von Silke Brehme.

Pfeifer überflog das Inhaltsverzeichnis. Der Aufbau der Arbeit schien sich in der Hauptsache an den Stationen zu orientieren, an denen sich beide Dichter näher kamen, angefangen mit einem Besuch Goethes in der Stuttgarter Karlsschule im Jahre 1779. An sie erinnerte sich zwar Schiller, nicht aber der Weimarer Hofrat. Ja, das war bekannt. Oder wollte er sich nicht erinnern? Was für ein Unsinn. Goethe befand sich damals im Gefolge seines Dienstherrn Carl August von Sachsen-Weimar. Als Dichter war er damals schon durch seinen ›Werther‹ berühmt. Schiller mag die Anwesenheit des von ihm glühend Verehrten in helle Aufregung versetzt haben. Zumal dem Karlsschüler anlässlich der Abschlussfeierlichkeit für seine Prüfungsleistung drei Silbermedaillen überreicht wurden. Für Goethe war der Vorgang sicherlich eine übliche Repräsentationspflicht.

Dass der Weimarer Olympier dann später von dem Autor der ›Räuber‹ und des ›Don Carlos‹ wenig begeistert war, war belegt. Auch, dass er in Schillers Aufsatz *›Über Anmut und Würde‹* Spitzen gegen sich zu entdecken glaubte. »Schiller war mir verhasst«, gestand Goethe, nachdem sich beide am 17. September 1788 persönlich kennengelernt hatten. Schiller seinerseits hielt den Weimarer Dichter für einen Egoisten »von ungewöhnlichem Grade«. Im Lichte dieser Einschätzung konnte er die Gedanken von Brutus und Cassius vor der Ermordung Caesars nicht nur nachvollziehen. Er brachte sogar Verständnis für ihre Motive auf. Und das wollte ja schon was heißen. Dennoch genügte es vorläufig, sich aus dem Weg zu gehen, und wenn eine Begegnung unvermeidbar war, sich kühl und distanziert zu verhalten.

Sicherlich nicht so ohne Weiteres nachvollziehbar, dass ein Gespräch über Pflanzen, das beide nach einem naturkundlichen Vortrag eher zufällig führten, der innigen Freundschaft der Dichterkollegen, die nach Silke Brehme nur vorgetäuscht war, den Weg bereiten sollte. Nun schienen beide umeinander zu werben. Der Weimarer Dichterfürst lud seinen Kollegen sogar für vierzehn Tage in sein Haus ein. Dass er dabei auch Abneigung gegen gewisse Unarten des Schwaben empfand, wie gegen dessen übermäßigen Tabakgenuss und dessen Vorliebe für das Kartenspiel, war nachvollziehbar. Silke Brehme aber behauptete eine weiter bestehende Abneigung des Älteren gegenüber dem Jüngeren. Das schien Pfeifer nun doch übertrieben. Jahre nach dem Tod Schillers stellte Goethe die Behauptung auf, sein schwäbischer Kollege habe nur mit faulen Äpfeln in der Schublade schreiben können. Auch das ein alter Hut. Silke Brehme aber interpretierte selbst das als versteckte Herabwürdigung. Wie auch das Versäumnis Goethes, im Weimarer Theater eine Totenfeier für den Verstorbenen auszurichten. Stimmt. Das stieß schon zu seiner Zeit auf viel Unverständnis. Seine Entschuldigung, er selbst sei durch den Tod des Freundes »vernichtet« gewesen, gab auch Pfeifer zu denken.

Was war mit all den anderen Zeugnissen, die auf eine gegenseitige Sympathie hinwiesen? Zum Beispiel, dass Schiller Goethe besuchte, nachdem sie beide von schwerer Krankheit genesen waren, und sich beide um den Hals fielen und sich einen langen herzlichen Kuss gaben? Oder die Tatsache, dass Goethe, als er vom Tode Schillers erfuhr, weinte, oder seine Beteuerung, er habe dadurch die Hälfte seiner selbst verloren? Das alles tat sie als scheinheiliges Täuschungsmanöver ab.

Dass Schiller auf Goethes glückliche Biographie neidisch war, nicht mehr als eine Plattitüde. Doch es sprach für den gesundheitlich so gebeutelten Schwaben, dass er sich solche Überlegungen eingestand. Dass aber der Weimarer Dichterfürst in seinem Kollegen eine gefährliche Konkurrenz sah und dass er hinter der Maske des guten Freundes und Gönners alles daransetzte, sich dieser Konkurrenz zu entledigen, schien Pfeifer doch an den Haaren herbeigezogen. Selbst wenn man einräumen mochte, dass die Freundschaft der beiden deutschen Geistesgrößen gern idealisiert wurde.

Besonders breiten Raum gewährte die Arbeit den letzten Tagen des schwäbischen Dichters. Silke Brehme wies dabei auf viele Ungereimtheiten hin.

Eigenartig schon, dass Schiller bereits drei Tage nach seinem Tode unter die Erde gebracht wurde. Und dann noch mitten in der Nacht und ohne Feierlichkeiten. Und wieso wurden diese dann am darauf folgenden Nachmittag nachgeholt? Und die Bestattung in einem Massengrab, aus dem ein gewisser Carl Leberecht Schwabe, Bürgermeister von Weimar, die sterblichen Überreste des Dichters, oder was er dafür hielt, erst 15 Jahre später wieder heraussortierte. Konnte die Nachwelt überhaupt sicher sein, dass es sich bei den zusammengeklaubten Knochen um die Gebeine und um den Schädel Schillers handelte? Silke Brehme bezweifelte das. Sie hoffte, dass eine anstehende DNA-

Analyse herausstellen werde, dass sie manipuliert wurden. Das würde ihre These stützen. Und die besagte, dass Schiller ermordet wurde und dass die Art der Bestattung dazu diente, Spuren zu verwischen.

Weitere Widersprüche kamen zur Sprache. Wie passte es zusammen, dass Schiller noch wenige Tage vor seinem Tod an einem Hoffest teilgenommen und eine Theateraufführung besucht hatte? Das berichtet sein Adlatus Heinrich Voß, der seinem Meister zu dieser Zeit noch ein stattliches und gesundes Aussehen bescheinigte.

Sicher, es gab dieses Sektionsprotokoll von Doktor Huschke. Aus dem ging hervor, dass sich die inneren Organe des Dichters, wie Lunge, Leber, Nieren, Milz und Darm in einem solch ruinösen Zustand befanden, dass der untersuchende Arzt seinen Bericht mit dem Seufzer schloss: »Bei diesen Umständen muss man sich wundern, wie der arme Mann so lange hat leben können.« Natürlich reizte der Befund andere Ärzte, wie zum Beispiel den Jenenser Internisten W. Veil, über ein Jahrhundert später daraus eine Krankheitsgeschichte zu rekonstruieren. Demnach erlitt Schiller bereits 1791 eine schnell verlaufende Lungenentzündung. Sie soll von einer trockenen Rippenfellentzündung begleitet worden sein. Zurück sei eine Rückenfellvereiterung verblieben, die auch das Zwerchfell in Mitleidenschaft gezogen habe. Daraus sei ein zweiter Eiterherd im Bauchraum entstanden, was spätere Unterleibskomplikationen erkläre. Es wurde weiterhin vermutet, dass es sich bei den beschriebenen Krankheitsherden doch um Tuberkulose gehandelt habe. Darauf deute auch das langsame Siechtum des Dichters hin.

Wenn aber der Verdacht zutraf, und davon ging Silke Brehme aus, dass der Obduktionsbericht gefälscht war, dann waren auch die Diagnosen, die verschiedene Ärzte sehr viel später erstellten, hinfällig. Das musste auch Pfeifer zugestehen. Dies konnte die Vermutung nähren, dass die rätselhaften Krankheiten Schillers auf eine schleichende Vergiftung zurückzuführen sind. Andererseits traten die Krankheitssymptome bereits auf, bevor Schiller nach Weimar übersiedelte, also bevor er sich, so konnte man unterstellen, endgültig in den Einflussbereich Goethes begab. Diesem Einwurf begegnete Silke Brehme mit der Theorie, dass die Einflussmöglichkeiten eines Ministers, der Goethe ja war, nicht unterschätzt werden dürften, und dass er als Mitglied einer Freimaurer-Loge über eine schlagkräftige Geheimorganisation verfügte, die weit über die Grenzen der Stadt hinaus tätig gewesen sei. Als Hauptargument aber mussten Textstellen aus drei verschiedenen Briefen an Theodor Körner herhalten. In diesen brachte Schiller den Verdacht zum Ausdruck, der geheime Rat fürchte, von seinem Ruhm etwas an den Kollegen und Konkurrenten abgeben zu müssen. Mehr noch: Hinter der gönnerhaften Schale des Weimarer Hofpoeten arbeite ein tiefer Hass. Der gehe so weit, dass der Weimarer wünsche, Schiller wäre nie geboren oder würde sehr bald das Zeitliche segnen. Aus den drei Briefen ging auch hervor, dass Schiller alle Ärzte in Verdacht hatte, ihn auf Geheiß Goethes vergiften zu wollen.

Die Arbeit wurde durch die Fotokopien dreier handgeschriebener Briefe ergänzt, verfasst in einer nach rechts geneigten Schrift, die sich mit langen Ober- und Unterlängen schmückte. Sie waren alle mit Schillers vollem Namen unterschrieben. In dem beigefügten Umschlag entdeckte Pfeifer die gleichen Briefe auf vergilbtem, mit Stockflecken übersätem Papier, offensichtlich die Originale. Das war nun wirklich eine Sensation. Wo mochte Silke Brehme die Dokumente gefunden haben? Waren sie von der Literaturwissenschaft bisher übersehen oder waren sie bewusst unterdrückt worden? Und wie kam die Arbeit in die Hände von Klaus Adam?

Pfeifer angelte sich ein Vorlesungsverzeichnis aus dem Regal und begann darin zu blättern. Stimmt. Adam bot ein Seminar mit dem schlichten Titel ›Goethe und Schiller‹ an. Anzunehmen, dass Silke Brehme das Seminar besuchte und dass sie die Arbeit als Referat verfasst hatte. Stand der Tag ihres Verschwindens mit dem Datum, an dem sie das Referat halten sollte, in Zusammenhang? War Adam mit einem Verbrechen in Verbindung zu bringen?

Wie kam es, dass Silke Brehme die Briefe sowohl als Fotokopie als auch als Originale abgeliefert hatte? War Letzteres überhaupt nicht sehr riskant? Solche Dokumente überreicht man nicht so ohne Weiteres, sondern bewahrt sie an einem sicheren Ort auf, zum Beispiel in einem Bankschließfach. Pfeifer sah sich den Umschlag, in dem die Arbeit offenbar gesteckt hatte, und den Umschlag, der die Original-Dokumente enthielt, noch einmal an. Beide handschriftlich an Doktor Adam adressiert, wobei der Name keine weiteren Zusätze wie Wohnort, Straße und Hausnummer enthielt. Auch waren sie unfrankiert. Sie wurden also nicht auf dem Postweg übermittelt. Anzunehmen, dass die Studentin die Umschläge mit ihrem brisanten Inhalt persönlich überbrachte. Naheliegend, dass sie zuerst ihre Arbeit mit den Briefkopien abgab. Diese schienen Adam nicht genügt zu haben, sodass er darauf drang, auch die Originale einsehen zu können. Und mit deren Besitz hatte er die Hoheit über deren Verwendungsmöglichkeiten gewonnen.

Vielleicht ging es Silke Brehme nicht nur um das Referat? Vielleicht wollte sie dieses zu einer Abschlussarbeit oder gar einer Dissertation ausweiten? Auf jeden Fall würde eine Veröffentlichung dieser Ergebnisse wie eine Bombe einschlagen – und Adam war bestrebt, das zu verhindern.

Natürlich. Nicht nur, dass Adam ein ausgesprochener Goethe-Verehrer war und ihm deshalb kaum gefallen durfte, dass das Bild seines Idols auf solche Weise beschädigt werden würde. Viel schlimmer: Adam wollte in seiner Habilschrift beweisen, dass Schiller seinen literarischen Ruhm, ja seine ganze Entwicklung hin zum Klassiker dem Weimarer Olympier verdankte. Pfeifer hatte sie noch im Ohr, die Stimme Adams, der lauthals verkündete: »Alles, was Schiller war, war er durch Goethe. Goethe hat aus Schiller erst einen Klassiker gemacht. Ohne den älteren Freund hätte sich der schwäbische Dichter in seinen Saft- und Kraftposen erschöpft wie all die anderen Kollegen des Sturm und Drangs. Ich werde das beweisen.«

Wenn Silke Brehme jetzt den scheinbaren Förderer als einen perfiden Mörder entlarvte, dann stieß sie damit nicht nur ein

Denkmal der Kulturgeschichte vom Sockel, sondern sie machte die jahrelange Arbeit Adams an seiner Habilitation zunichte. Sie zerstörte seine Karriere mit einem Schlag. Das musste Adam verhindern.

Dann war er es, der Silke Brehme ermordet und die Arbeit an sich genommen hat, bevor ihre These, und sei es nur durch den Vortrag ihres Referats, an die Öffentlichkeit geriet. Vermutlich war er es auch, der versuchte, den Verdacht auf ihn, Jochen Pfeifer zu lenken. Adam hatte ihn bei der Kripo denunziert und damit veranlasst, dass sowohl eine Hausdurchsuchung als auch eine Untersuchung seines Wagens durchgeführt wurde.

Pfeifer fiel das sonderbare Fläschchen ein, das er in Adams Toilettenschränkchen fand, und er erinnerte sich, dass er nachsehen wollte, was die drei Buchstaben bedeuteten. Er schaltete also den Computer ein und suchte mit ›Google‹ nach ›GHB‹. Mit einem Mal erkannte er die Zusammenhänge.

›Gamma-Hydroxybutyrat‹, auch ›K.O.-Tropfen genannt‹. Sie sind kaum wahrzunehmen, da sie ganz und gar farb- und geruchlos sind. Der leicht salzige Geschmack wird vom Getränk überdeckt. Die Wirkung ist fatal. Richtig dosiert kann der Konsument einem komaartigen Tiefschlaf verfallen und hat, wenn er daraus erwacht, Teile der Erinnerung an das vorherige Geschehen verloren.

Sofort stand ihm die Szene vor Augen, als er sich auf Professor Kögels kleiner Party verabschieden wollte. Plötzlich war Adam mit zwei Sektgläsern in der Hand aufgetaucht: »Mein Lieber, Sie wollen schon gehen? Sie verlassen uns nicht, bevor wir nicht wenigstens einmal angestoßen haben. Auf unsere Zusammenarbeit.« Und Adam hatte ihm den Kelch mit der prickelnden Flüssigkeit in die Hand gedrückt. Pfeifer war erstaunt gewesen über dieses, wie er meinte, ganz und gar unangemessene Verhalten. Dennoch hatte er sich darauf eingelassen, hatte das Glas ausgetrunken und war gegangen. Jetzt erklärte sich die Szene.

Vieles deutete darauf hin, dass Adam ihn mit K.O.-Tropfen betäuben wollte. Wahrscheinlich hatte er gedacht, dass es Pfeifer noch bis zum Auto schaffen und dort in Tiefschlaf verfallen würde. Möglicherweise wollte er die Leiche der Studentin in Pfeifers Wagen deponieren. Möglicherweise wäre Pfeifer dann am nächsten Morgen neben der toten Studentin aufgewacht. Vielleicht hätte er, weil er sich nicht hätte erinnern können, geglaubt, dass er es war, der Silke Brehme umgebracht hatte, und er hätte versucht, die Leiche verschwinden zu lassen. Dann hätte ihn Adam endgültig als Täter hinstellen können. Dass Pfeifer noch nach Hause fahren würde, damit hatte er nicht gerechnet. Dennoch versuchte er, ihm die Tat in die Schuhe zu schieben.

Sollte er das nicht der Polizei mitteilen? Die Polizei würde ihn fragen, wie er zu diesen Informationen gekommen sei. Damit würde er sich selbst als Adams Mörder entlarven. Letztlich spielte es keine Rolle mehr, ob die Zusammenhänge um das Verschwinden von Silke Brehme aufgedeckt würden. Adam hatte seine Strafe erhalten. Er, Pfeifer, musste jetzt überlegen, was er mit den Unterlagen anfangen wollte. Nur schade, dass er sie nicht schon früher in Händen hielt. Er hätte seinen Konkurrenten auf elegantere Art erledigen können und sich nicht mit dieser schrecklichen Tat belastet.

Pfeifer beschäftigte noch eine andere Frage. Warum hatte Adam die Unterlagen nicht vernichtet, wenn sie seiner Karriere gefährlich werden konnten? Vielleicht ging es ihm gar nicht darum, sein Idol von jeder Verdächtigung frei zu halten. Vielleicht wollte er selbst die Bombe zum Platzen bringen, wollte den Inhalt des Referats als Ergebnis eigener, langjähriger Forschungsarbeit und die Briefe als eigene, spektakuläre Entdeckung präsentieren. Die Wirkung einer solchen Veröffentlichung würde die seiner ursprünglichen Arbeitshypothese bei weitem übertreffen.

Und wenn er, Jochen Pfeifer, Silke Brehmes Arbeit unter seinem Namen publizieren würde? Auch unter seinem Namen würde das Buch eine Sensation. Daraus ließe sich ein Bestseller machen. Vielleicht würde es dazu beitragen, dass die Universität den angestrebten Elitestatus erhielt.

Pfeifer saß am Schreibtisch, die Beine auf die Platte gelegt, in seiner Hand das Whiskyglas, das er immer wieder füllte. Um ihn herum kreisten Bilder. Er sah sich selbst vor einer Schar von

Journalisten, die begierig Fragen stellten. Dann wurde ihm unter aufbrausendem Beifall eines großen Publikums eine Urkunde überreicht. Der Rektor der Universität bedankte sich überschwänglich bei ihm und Kögel klopfte ihm anerkennend auf die Schulter. Dazwischen aber tauchte immer wieder das Gesicht von Klaus Adam auf, mit einem leicht ironischen Zug um den Mund, dann der gerade Rücken, hilflos in der Luft fuchtelnde Arme, dann ein blaues Gesicht mit hervorquellenden Augen.

XIII.

Nicht nur, dass Pfeifer keinen Appetit verspürte. Ihn plagte leichte Übelkeit und er fühlte sich auch sonst dem Leben nicht gewachsen. Schon gar nicht den Diskussionen am Mittagstisch. Aber er wollte sich keine Blöße geben und den Verdacht, dass ein außerordentliches Ereignis den geregelten Ablauf seines Lebens gestört haben könnte, gar nicht erst aufkommen lassen.

Allerdings fürchtete er Fragen wie zum Beispiel, ob er schon gehört habe, dass Doktor Klaus Adam ermordet worden sei? Vielleicht fürchtete er weniger die Frage als vielmehr, dass er darauf nicht kontrolliert reagieren könnte. Es bereitete ihm schon Mühe, das Tablett von der Essensausgabe in aufrechter Haltung zum Tisch zu balancieren und dort abzustellen.

Es waren bereits alle versammelt: Frau Doktor Körner, Doktor Hack, Doktor Berlinghausen und Kant. Doktor Berlinghausen war es offensichtlich wieder gelungen, Doktor Hack auf seine linke Seite zu platzieren, sodass ihm sein rechtes, mit Taubheit geschlagenes Ohr zugewandt war. Durch diese Konstellation wurde ihm Gelegenheit geboten, fast ungehindert das Wort zu führen, was er sich nicht entgehen ließ. Doktor Hack aber musste sich damit begnügen, missmutig auf seinem Teller herumzustochern und ab und zu sein Ziegenbärtchen in die Länge zu ziehen.

Als Pfeifer Platz nahm, nickte ihm Doktor Berlinghausen kurz zu und fuhr in seiner Rede fort: Die Globalisierung verlange mehr denn je Elite. Nur die Besten eines Landes seien imstande, gegen die Besten anderer Länder zu bestehen und das Land konkurrenzfähig zu halten.

»Dass sich die Spitzenmanager auf eine so unverschämte Art bereichern, ist nicht einzusehen.« Die Schnelligkeit, mit der Kant sprach, ließ vermuten, dass er zu diesem Thema wenig Abstand hatte.

Doktor Berlinghausen lehnte sich zurück, nahm die dicke Hornbrille ab und rieb sich die Augen. Er setzte sich die Sehhilfe wieder auf die Nase und dozierte: »Es ist auf keinen Fall gerechtfertigt, dass die deutschen Eliten sich die allgemeine öffentliche Schelte gefallen lassen müssen. Der Wirtschaftselite ist es gelungen, das Land auf dem globalisierten Markt wieder wettbewerbsfähig zu machen. Und dass ihr dafür ein angemessener finanzieller Anteil zusteht, kann doch vernünftigerweise nicht bezweifelt werden.«

Wobei allerdings definiert werden müsse, was angemessen sei, wendete Frau Doktor Körner ein und richtete ihr ergrautes Haar, während Doktor Hack von einem sehnigen Stück Fleisch Streifen abschnitt und auf seinem Teller aussortierte.

»Sie werden sich doch nicht dieser unsäglichen Neiddebatte anschließen wollen?« Doktor Berlinghausen blickte Frau Doktor Körner über den Rand der dicken Hornbrille lange an.

»Ich halte ›Neiddebatte‹ für einen ideologischen Begriff, für ein Instrument, das dazu dient, eine Diskussion über diese Bereicherungsmethoden gar nicht erst aufkommen zu lassen.« Kant hatte vor innerem Zorn einen ganz roten Kopf bekommen.

»Diese Spitzenkräfte müssen so gut bezahlt werden, um zu verhindern, dass sie abwandern.« Doktor Berlinghausen sprach in einem Ton, als halte er es für eine Zumutung, hier auf die Unumstößlichkeit eines Naturgesetzes hinweisen zu müssen.

Aber aus dem Mund von Kant kam es wie aus einem Maschinengewehr: »Das ist auch eines dieser Argumente, die einer Überprüfung in keiner Weise standhalten. Einschlägige Literatur lehrt, dass es mitnichten einen internationalen Markt für Spitzenkräfte gibt. Vielmehr ist es so, dass die Topmanager bis auf wenige Ausnahmen nach wie vor aus dem Land kommen, in dem die Unternehmen ihren Stammsitz haben.«

»Das kann sich in Zukunft ändern. Außerdem: Ungerechtigkeit existiert auf dieser Welt allenthalben«, lachte Doktor Berlinghausen. Wichtig sei vor allem, dass ein Gesellschaftssystem Menschen hervorbringe, die befähigt seien, die Geschicke des Landes in die Hand zu nehmen und zu meistern.

»Wenn es die Geschicke des Landes wären«, wendete Frau Doktor Körner ein. »Aber die Schicht derer, die sich Elite nennt, bekanntlich zirka 4000, überwiegend männliche Personen, ist drauf und dran, sich vom Rest der Bevölkerung abzukoppeln. Sie reisen in ihren eigenen Jets oder auf eigenen Jachten, leben zum Teil auf eigenen Inseln oder umgeben sich mit riesigen Ländereien, mit Burgmauern und Bodyguards. Einzelschicksale kümmern diese Menschen wenig. Und der Staat ist für sie nur von Interesse, soweit er die Infrastruktur für ihre Geschäfte bereithält. Ja, es besteht die Gefahr, dass diese Clique den Rest der Bevölkerung von den Entscheidungsprozessen ausschließt, das heißt, die Demokratie abschafft.«

»Übertreiben Sie da nicht?« Doktor Berlinghausen schüttelte missbilligend den Kopf.

Kant versuchte Ruhe in seine Stimme zu bringen: »Diese Entwicklung liegt im Bereich des Möglichen. Denken Sie daran, wie diese Menschen sich verhalten, wenn es darum geht, ihre Pflichten gegenüber dem Staat wahrzunehmen. Und denken Sie daran, welche Rolle die sogenannte Elite im Dritten Reich gespielt hat.«

»Haben Sie etwa Vorschläge, wie man das Ganze ändern könnte?«, empörte sich Doktor Berlinghausen.

»Ich stimme Ihnen insofern zu«, entgegnete Frau Doktor Körner, »als ich auch der Ansicht bin, dass auf ein Land, wie das unsere, in Zeiten der Globalisierung ganz besondere Herausforderungen zukommen. Die Gesellschaft könnte sich darauf vorbereiten, indem sie vermehrt Bildungsreserven mobilisiert. Es stellt sich die Frage, ob Deutschland das Leistungspotenzial seiner Bevölkerung auch wirklich ausschöpft.«

»In unserem Lande kann jeder, der begabt genug ist und den Willen dazu hat, den Aufstieg schaffen. Jeder kann aufs Gymnasium und jeder, der will, kann auch studieren. Natürlich müssen in manchen Familien Eltern auch dafür Opfer bringen und dazu sind wohl viele nicht bereit.« Doktor Berlinghausen warf einen zustimmungsheischenden Blick in die Runde. Doktor Hack nickte.

Da fange es schon an mit den Problemen, warf Kant ein. Es habe sich herausgestellt, dass zum Beispiel Kinder der unteren Mittelschicht von ihren Eltern nicht zum Ehrgeiz angeleitet und damit ihre Chancen gar nicht wahrnehmen würden. Kinder der oberen Mittelschicht und der Oberschicht würden grundsätzlich zum Studium gedrängt. Wohingegen sich Eltern und zum Teil auch die Kinder der unteren Mittelschicht mit niedrigeren Abschlüssen beschieden. Dementsprechend reduzierten sich auch die Berufschancen. Oder anders ausgedrückt: In den oberen Schichten würden auch die weniger Begabten studieren, weil es dazugehöre. In den unteren Schichten würden Begabungen oft gar nicht erkannt.

»Ich bin der Meinung, dass sich Begabung auf jeden Fall durchsetzt«, behauptete Doktor Berlinghausen.

»Keineswegs«, widersprach Frau Doktor Körner. »Vielmehr kann man beobachten, dass diejenigen, die sich für die Elite halten, alles daransetzen, ganze Bevölkerungsschichten vom Zugang in ihre Kreise auszuschließen.«

»Wie soll das funktionieren?« Doktor Berlinghausen setzte seine Brille ab und rieb die Gläser auf seinem Hemd.

Kant kam Frau Doktor Körner zu Hilfe: »Selbst wenn ein Unterschichtenkind ein Studium absolviert, bleibt ihm oft der Zugang zu den Spitzenpositionen der Gesellschaft verschlossen, weil zum Aufstieg in eine höhere Schicht mehr gehört als gute Leistungen. Dazu gehört eine bestimmte Art zu reden, eine bestimmte Art, sich zu geben, ein bestimmtes Auftreten. Es ist ja bekannt, dass bei der Besetzung von Spitzenpositionen sehr darauf geachtet wird, dass ein Bewerber die entsprechenden Codes nicht nur mit großer Sicherheit beherrscht, sondern die dahinterstehenden Normen auch anerkennt. Im Prinzip kann die Schattierung einer Anzugsfarbe darüber entscheiden, ob ein Bewerber zum Zuge kommt oder nicht.«

»Dann muss man eben lernen, wie man sich auf glattem Parkett bewegt.« Fast hätte Doktor Berlinghausen, der seine Brille wieder aufgesetzt hatte, mit der Faust auf den Tisch geschlagen.

»Das erklärt wahrscheinlich ein wieder erwachtes Interesse für Tanz- und Benimmkurse«, dozierte Kant, nun merklich ruhiger. »Was in der Oberschicht mit der Muttermilch eingesogen wird, müssen sich Vertreter der Unterschicht schwer erarbeiten. Nur hat sich gezeigt, dass solche Sozialisationsdefizite schwer ausgeglichen werden können. Das antrainierte Verhalten bleibt verkrampft. Die Lockerheit und Souveränität im Auftreten kann in der Regel nicht erlernt werden. So sorgen bestimmte Mechanismen dafür, dass sich bestimmte Schichten immer wieder aus sich selbst rekrutieren.«

»Alle müssen Zugang zu den höchsten Stufen der Bildung, aber auch zu den Spitzenpositionen der Gesellschaft haben«, forderte Frau Doktor Körner. Dabei erhob sie sich. »Leider muss ich mich hier ausklinken. Ich habe noch einiges zu besorgen und muss auch pünktlich wieder im Institut sein.«

Sie nahm ihr Tablett in beide Hände. Pfeifer gelang es eben noch, aufzuspringen und ihren Stuhl zurückzuziehen. Auch Doktor Hack nahm die Gelegenheit wahr, sich zu verabschieden.

»Was halten Sie von der ganzen Diskussion?«, wendete sich Doktor Berlinghausen an Pfeifer, der sich wieder gesetzt hatte.

»Ich bin ganz Ihrer Meinung«, brachte Pfeifer gequetscht hervor. »Wir brauchen Eliten. Ohne Eliten kann eine Gesellschaft in unserer Zeit nicht überleben. Allerdings sollte die Elite eine Stellung über allen Schichten und jenseits von Schichteninteressen einnehmen. Sie müsste sich durch eine vorbildhafte Lebensführung im Dienste der entsagenden Leistung für die Gesellschaft auszeichnen, durch ein makelloses Privatleben und durch unerschütterlichen Mut, wenn es darum geht, für das Wahre und Richtige einzutreten.«

Doktor Berlinghausen und Kant blickten ihn lange an. Auf Kants Gesicht glaubte Pfeifer einen spöttischen Zug zu entdecken. Dann griffen beide nach ihrem Esstablett und verabschiedeten sich. Pfeifer wartete, bis er glaubte, die beiden müssten das Haus verlassen haben. Dann erhob auch er sich.

Im Seminar lief Pfeifer Jonas Puch, der wie immer ein Handy ans Ohr hielt, direkt in die Arme. Er glaubte schon, Puch sei mit seinem Gespräch, das er lauthals führte, so abgelenkt, dass er sich unbehelligt vorbeidrücken könnte. Aber der Blondschopf beendigte schnell sein Telefonat und rief Pfeifer hinterher, ob er jetzt seinen Beitrag auf das Spendenkonto ›Silke Brehme‹ überwiesen habe.

Er wisse es jetzt gar nicht, tat Pfeifer zerstreut. Er meine, er hätte seine Bank beauftragt.

Bis gestern sei noch nichts eingegangen, machte Puch klar. Dann erzählte er, wie erfolgreich ihre Aktion sei. Sie hätten viel mehr Spenden erhalten, als erwartet. Das läge natürlich auch an ihrer Webseite, die sehr schön gestaltet sei. Sie, die ›Initiativ-Gruppe Silke Brehme‹ würden in Erwägung ziehen, Werbung auf der Seite zuzulassen. Immerhin würde die Seite doch von einer Menge Leute besucht. Eine Chance, die man nutzen müsse. Sie würden auch anstreben, den Fall öfter in die Presse zu bekommen. Auch mit der Redaktion von ›XY-ungelöst‹ hätten sie bereits Kontakt aufgenommen. Der Fall im Fernsehen. Das würde natürlich die Spenden-Quellen zum Sprudeln bringen.

»Und Doktor Adam?« Kaum hatte Pfeifer die Frage gestellt, wurde ihm klar, wie unangebracht sie in diesem Moment war. Aber Puch sah darin wohl nichts Verfängliches.

»Hat seinen Spendenbeitrag geleistet«, antwortete er knapp und fügte hinzu: »Übrigens komme ich gerade von seinem Seminar, das aber nicht stattfinden konnte, da Doktor Adam nicht erschienen ist. Wissen Sie Näheres?«

Pfeifer schüttelte fast beruhigt den Kopf.

XIV.

»Ich verstehe das nicht«, ächzte Professor Kögel. »Erst das rätselhafte Verschwinden von Frau Brehme. Jetzt die Ermordung von Doktor Adam. Wer macht so etwas? Steht das in Zusammenhang mit unserem Haus?«

In seiner Aufgewühltheit hatte Kögel sogar vergessen, das Jackett überzustreifen, als Pfeifer eingetreten war. Welch ein Kontrollverlust. Mehrmals strich er sich mit gespreizten Fingern durch die toupierte Mähne, sodass der kunstvolle Haaraufbau zusammenfiel wie ein Ballon, aus dem die Luft entwichen war. Wie verschimmeltes Sauerkraut klebten die Strähnen am Schädel. Vor der Bücherwand blieb er stehen. »Haben Sie eine Ahnung, wer hinter all diesen Vorgängen stecken könnte?«

Pfeifer, der auf dem Stuhl saß, den ihm Professor Kögel zugewiesen hatte, blickte auf seine Hände: »Wenn ich einen Verdacht hätte, hätte ich das Ihnen und der Polizei längst mitgeteilt. Ich glaube aber, dass wir das Bedrohungspotenzial unterschätzen, von dem wir umgeben sind. Als Dozenten befinden wir uns in einer exponierten Position. Wir haben viele Neider. Und wir haben die Verpflichtung, junge Menschen zu beurteilen. Manch einer fühlt sich jedoch ungerecht behandelt. Da können schon Rachegelüste entstehen und manchmal kann vielleicht auch eine Sicherung durchbrennen.«

Professor Kögel stand am Fenster, neigte leicht den Kopf und legte einen Zeigefinger an den Mund: »Sie meinen, einer seiner Schüler hätte sich zu solch einer Tat hinreißen lassen? Daran habe ich noch gar nicht gedacht.« Kögels Gesicht glühte in einer bedrohlichen Verfärbung. Hinter den Brillengläsern flatterte deutlich sichtbar Angst. Dann richtete er den Kopf energisch auf. »Aber nein. Ich kann mir das nicht vorstellen. Doktor Adam war bei seinen Studenten sehr beliebt. Nie ist mir etwas Negatives über ihn zu Ohren gekommen.«

»Und auch bei den Studentinnen«, warf Pfeifer ein.

»Was soll das heißen?«, empörte sich Professor Kögel.

»Gerüchteweise habe ich gehört, er habe ein Verhältnis mit Frau Brehme gehabt«, flüsterte Pfeifer.

»Also, das ist ganz und gar unmöglich.« Professor Kögel schüttelte entrüstet den Kopf. »Solche Gerüchte werden gestreut, um bestimmte Personen in Misskredit zu bringen. In diesem Fall entbehren sie jeglicher Grundlage. Glauben Sie mir, ich kann das beurteilen. Ich habe beide gut gekannt.«

Pfeifer räusperte sich gleichsam verlegen. Nach einer kurzen Pause sagte er: »Vielleicht hat jemand die Gerüchte in den falschen Hals bekommen und ist dann ausgerastet. Vielleicht eine Beziehungstat?«

Professor Kögel schlüpfte in sein Jackett und setzte sich hinter den Schreibtisch: »Hatte Frau Brehme denn einen Verehrer unter den Studenten?«

Pfeifer gab sich fast schüchtern: »Das weiß ich nicht. Ich habe sie ja kaum gekannt.«

Professor Kögel vollführte eine wegwerfende Handbewegung: »Ihre Spekulationen ergeben auch keinen Sinn. Frau Brehme ist verschwunden. Ein potenzieller Verehrer würde versuchen, Licht in das Dunkel ihres Schicksals zu bringen und nicht einen vermeintlichen Rivalen töten.«

Pfeifer wisperte kleinlaut: »Vielleicht haben Sie Recht.«

»Furchtbar, furchtbar.« Professor Kögel wurde wieder von einer Welle der Verzweiflung erfasst: »Furchtbar auch diese Polizei im Haus. Sie schnüffeln überall herum und befragen alle Leute. Wer weiß, was unsere Kollegen, die Bibliothekarinnen und Sekretärinnen und die Studenten den Beamten alles erzählen. Manch einer könnte versuchen, da eine offene Rechnung zu begleichen.«

Pfeifer fand zu einer festeren Stimme zurück: »Und dem Image unseres Instituts sind solche Vorgänge auch nicht eben förderlich.«

»Und das passiert ausgerechnet jetzt, wo wir uns anstrengen, als Elite-Universität anerkannt zu werden.« Professor Kögel blickte verzweifelt aus dem Fenster. Dichter Regen verschleierte die Sicht. »Dazu kommt noch, dass ich den Eltern von Doktor Adam sehr verbunden bin. Ich weiß nicht, ob Ihnen bekannt ist, dass es sich bei dem Vater von Doktor Adam um den Gründer und jetzigen Vorstandsvorsitzenden der Adam AG handelt. Er hat uns beträchtliche Mittel in Aussicht gestellt, die wir für unsere Exzellenz-Initiative als eingeworbene Drittmittel geltend machen könnten. Ob er jetzt, nach diesen schrecklichen Vorkommnissen, sein Angebot noch aufrecht erhalten wird, wage ich zu bezweifeln.«

Pfeifer hielt es für klüger, hier keinen Kommentar abzugeben.

»Davon abgesehen, dass wir mit Doktor Adam einen brillanten Wissenschaftler verlieren. Ich habe mit ihm noch große Pläne gehabt. Wenn man sich das vorstellt, wie ein Mensch heranwächst, welches Wissen er ansammelt, welche Fertigkeiten er erlernt und dann befindet er sich in einer Position, in der er all sein Wissen, all seine Fertigkeiten voll zur Entfaltung bringen könnte, und dann kommt so ein Unmensch und setzt allem ein Ende. Ich weiß gar nicht, wie wir die Lücke, die Doktor Adam hinterlässt, füllen sollen.«

Pfeifer erweckte den Anschein, als müsse er tief nachdenken. »Vielleicht könnte ich seine Aufgaben übernehmen«, schlug er vor.

Professor Kögel, der wieder aufgesprungen war und die letzten Sätze gegen die Fensterscheibe gesprochen hatte, drehte sich um und blickte Pfeifer erstaunt an. »Nun ist eine neue Situation entstanden. Ich brauche dringend jemanden, der Doktor Adams Aufgaben übernimmt. Vorläufig natürlich vertretungsweise. Selbstverständlich muss die Stelle wieder besetzt werden. Trauen Sie sich das zu?« Pfeifer nickte. Professor Kögel aber machte überraschend ein paar Schritte zur Tür, öffnete sie und gab Pfeifer das Zeichen, dass er sich entfernen möge.

Pfeifer war sich nicht sicher, ob er in diesem Gespräch alles richtig gemacht hatte. Er hielt es für angebracht, die Schultern etwas hängen zu lassen, als er der Aufforderung von Professor Kögel Folge leistete.

Auf dem Weg zu seinem Arbeitszimmer kam er an verschiedenen Grüppchen von Studenten vorbei, die sich angeregt unterhielten. Als sich Pfeifer einer der Gruppen näherte, verstummte das Gespräch. Die Studenten starrten ihn erwartungsvoll an, als würden sie hoffen, von ihm Neuigkeiten zu erfahren. In einer anderen Gruppe entdeckte er Jonas Puch. Er kehrte Pfeifer den Rücken zu, sodass er dessen Kommen nicht bemerkte. Alle in der Runde wurden still. Nur Puch rief laut und zornig: »Jetzt kann ich mit meiner Karriereplanung von vorne beginnen.« Als ihm die Unangemessenheit seines Verhaltens bewusst wurde, drehte er sich um und funkelte Pfeifer feindselig an. Pfeifer war froh, dass er sich in sein Arbeitszimmer zurückziehen konnte.

Jagdhaus hatte sich wie üblich hinter seinem Schreibtisch verschanzt. Wahrscheinlich löste er wieder Sudokus oder delektierte sich an Pornos. Schnell deckte er sein Beschäftigungsfeld mit einer unverfänglichen Zeitschrift ab und blickte verlegen grinsend zu Pfeifer auf.

»Ich komme gerade vom Chef«, eröffnete Pfeifer das Gespräch. »Der schreckliche Tod unseres Kollegen scheint ihn mächtig mitgenommen zu haben.«

Jagdhaus lehnte sich in seinem Stuhl zurück. »Das hat überhaupt so manches durcheinander gebracht. Manch einer, der auf den armen Doktor Adam gesetzt hat, sieht sich nun vor einem Scherbenhaufen seiner Pläne.«

»Wen meinen Sie damit?«

»Professor Quast kann seine Hoffnung auf eine feste Anstellung nun auch in den Wind schreiben, ohne die Fürsprache von Doktor Adam hat er keine Chance. Überhaupt bin ich gespannt, wer die Nachfolge unseres geschätzten Kollegen antreten wird.«

Nach einer Pause, die den Eindruck entstehen ließ, er überlege, ob er die Neuigkeit ausplaudern dürfe, erklärte Pfeifer: »Professor Kögel hat mir anvertraut, dass ich nun die Aufgaben von Doktor Adam übernehmen müsste. Natürlich fühle ich mich einerseits sehr geehrt. Andererseits ist es mir auch peinlich, dass ich von dem entsetzlichen Unglück unseres werten Kollegen gleichsam profitiere. Eigentlich entspreche ich dem Wunsch von Professor Kögel nur ungern. Andererseits möchte ich mich auch nicht vor der verantwortungsvollen Aufgabe drücken.«

Jagdhaus nahm sofort eine unterwürfige Haltung an. »Ich meine, kein anderer wäre besser geeignet als Sie. Ich habe dies unserem Chef schon immer signalisiert. Es könnte sein, dass meine diskreten Hinweise endlich Früchte getragen haben. Natürlich können Sie weiterhin auf mich zählen. Ich werde Sie, wo immer ich kann, unterstützen. Übrigens muss ich zur Universitätsbibliothek. Vielleicht haben Sie zufällig ein paar Bücher bestellt, die ich mitbringen könnte.«

XV.

Pfeifer wollte sich an den Schreibtisch setzen und sich die schriftlichen Ausführungen von Silke Brehme noch einmal vornehmen, als das Telefon klingelte. Am anderen Ende Frauke. Ihre Stimme klang überraschend weich und hilfsbedürftig. Sie würde ihn gerne einmal wieder sehen. Ob er nicht Lust habe, etwas zu unternehmen. So ein milder Abend. Man könne ja zusammen über die Neckarwiese spazieren. Sie glaube, heute finde auch eine Schlossbeleuchtung statt. Außerdem müsse man sich doch noch einmal aussprechen. Das dürfe er ihr nicht abschlagen.

Noch während er die Unterlagen beiseite legte und versuchte, etwas Ordnung zu schaffen, ging ihm die Frage durch den Kopf, ob es richtig war, dem Vorschlag Fraukes zuzustimmen. Wenn die Unlust an der Arbeit, die sich vor ihm auftürmte, nicht wie ein Betonklotz auf ihm gelastet hätte, hätte er der Versuchung vielleicht widerstanden. So aber genügte der geringste Anlass, um ihn wegzulocken. Ein Anruf Fraukes allemal.

Sie trafen sich am Bismarckplatz. Frauke trug einen Minirock, der tief auf den Hüften durch einen breiten Ledergürtel gehalten wurde. Dazu einen sehr engen und kurzen Pulli, sodass bei bestimmten Bewegungen die nackte Wölbung ihres Bauches zum Vorschein kam. Darüber eine kurze Lederjacke. Die Haare waren frisch gewaschen und schwangen füllig. Pfeifer fand ihre Aufmachung völlig unangemessen, geradezu eine Entgleisung. Nicht nur, dass sie mit allen Mitteln versuchte, jünger zu erscheinen, sondern dass sie offensichtlich glaubte, ihn damit zu beeindrucken. Als ob sie nicht Jahre zusammengelebt hätten.

»Wo ist Helène?«, wollte Pfeifer wissen.

»Heidrun passt auf sie auf. Ich wollte heute mit dir allein sein.« Frauke lächelte ihn an – unanständig anzüglich, wie Pfeifer meinte.

Als sie über die Theodor-Heuss-Brücke schlenderten, war die Sonne bereits abgetaucht. Zuvor schien sie ein Tintenfass umgeworfen zu haben, und die violette Flüssigkeit ergoss sich über den Himmel wie auf einem riesigen Löschpapier. Deutlich traten jetzt Schlieren hervor, die sich zu Zirren verdichteten, obwohl der Himmel vor ein paar Minuten noch wolkenlos schien. Die Farbe verlor sich im Neckartal oder ging dort in bläuliches Grau über. Über die Brücke spazierten Fußgänger, mehr als üblich.

»Ich denke oft daran, wie wir uns kennengelernt haben.« Frauke strich sich mit der Hand durchs Haar, hielt den Kopf schräg und blickte Pfeifer erwartungsvoll an.

»Ja, die Geschichte mit dem Muskelkater.« Pfeifer bugsierte Frauke an die Brückenbrüstung in eine Lücke zwischen den Menschen, die sich hier schon postiert hatten, um das Feuerwerk von einem günstigen Punkt aus zu erleben. In der Ferne, vor der Alten Brücke, waren Jachten vor Anker gegangen, eng miteinander vertäut, bildeten sie zwei Reihen quer zum Fluss, fast hätte man auf ihnen wie auf einer Pontonbrücke von Ufer zu Ufer laufen können.

»Das erste Jahr. Was waren wir verliebt.« Frauke drängte sich an Pfeifer, als müsse sie für weitere Zuschauer an der Brüstung Platz machen.

»Ja, ein ganzes Semester haben wir unserem jungen Glück geopfert.« Pfeifer warf einen Blick hinunter auf den Fluss. Vereinzelt schossen lanzettförmige Boote, ruckartig, im Rhythmus der Ruderschläge über das Wasser, dazwischen Tretboote, die am Steg neben der Brücke gemietet werden konnten, zwei Lastkähne, der eine, flussaufwärts, tief im Wasser liegend, der andere, flussabwärts, offenbar wenig beladen. Sein schwarzer Rumpf ragte hoch über die spiegelnde Oberfläche, auf der sich das Farbenspiel am Himmel mit der braunen Trübung des Wassers mischte. Pfeifer versuchte, sich Fraukes Nähe zu entziehen, war aber wegen des Gedränges außerstande auszuweichen.

»Hast du das etwa bereut?« Ein schnippischer Ton in Fraukes Stimme.

»Ich hätte es mir eigentlich nicht leisten dürfen. In meinem Studium warf mich das um Monate zurück.« Pfeifer löste sich von der Brüstung und schlenderte weiter über die Brücke. Frauke folgte.

Von den Buden auf der Neuenheimer Seite stiegen Rauchwolken auf. Es roch nach Bratwurst, gebrannten Mandeln und Zuckerwatte, und Pfeifer fiel ein, dass er noch nichts zu Abend gegessen hatte. Er holte für sie beide je eine Bratwurst, in ein Brötchen geklemmt, das seinerseits in einer Serviette lag. Sie schlenderten hinüber zu der Stelle, wo das Ufer dem Fluss eine kleine Ausbuchtung gewährt. In ihr tummelten sich Scharen von Gänsen und Enten. Dazwischen auch Schwäne und Blesshühner. Inmitten der schnatternden, trompetenden, pfiepsenden Schar eine ältere Frau, die in regelmäßigen Abständen in eine Einkaufstasche griff, Brocken von Brot zu Tage förderte und den Schwimmvögeln vorwarf. Sie wurde von einem Schwan bedrängt, der versuchte, mit seinem biegsamen Hals zur Quelle der Futterverteilung vorzustoßen. Ab und zu wendete sich die Frau abrupt ab und drohte dem Tier mit dem Zeigefinger.

»Und dann diese Wohnung gegenüber vom Bergfriedhof.« Frauke nahm Pfeifer an der Hand und zog ihn sanft fort. Heute war die Wiese von einer bunt zusammengewürfelten Menschenmenge übersät, viele fleischige Figuren in prall gefüllten Bermudashorts. Sie sammelten sich auf Decken um riesige Kühlboxen, trugen gigantische Ghettoblasters über den Rasen, tranken Cola oder Bier oder warfen sich im Kreis ein eiförmiges Leder zu. Manche ließen über alle Köpfe hinweg eine leichte Kunststoffscheibe segeln, dunkelhäutige Menschen, begleitet von Frauen in farbigen, wallenden Gewändern, meist um ein Grillgerät gelagert, von dem würzig duftende Rauchschwaden aufstiegen.

»Diese Souterrain-Wohnung«, fuhr Frauke fort, »und dieser sogenannte Hausmeister, der, besonders wenn ich allein war, in meinem Fenster hing und mich mit einer Flut nicht endender Banalitäten übergoss.«

»Ich weiß, ich weiß.« Pfeifer wischte sich mit der frei gewordenen Serviette das Fett von den Lippen. »Und dann brach, kurz bevor wir auszogen, auch noch das Heizungsrohr.«

Langsam schlenderten sie flussabwärts, Richtung Ernst-Walz-Brücke, wo die Dichte der Ansammlung von liegenden, sitzenden, stehenden, laufenden und springenden Menschen mit jedem Schritt abnahm. Sie mussten aufpassen, dass sie nicht über Gänse stolperten, die das Ufer und den angrenzenden Teil der Wiese ebenfalls beanspruchten. Die ausgewachsenen, stattlich gepolsterten, grau und bräunlich gezeichneten Wasservögel waren umgeben von ihren Jungen, flauschige Federbälle, die hemmungslos zwischen den hingestreckten Leibern herumwatschelten und mit Eifer die letzten Halme abgrasten.

Auf dem geteerten Weg, der parallel zum Neckar, aber in einigem Abstand verlief, bewegten sich Scharen von Radfahrern, dazwischen Skater mit schwingenden Bewegungen. Ein fliegender Händler, der eine Art Kinderwagen vor sich herschob, pries Laugenbrezeln, Laugenstangen und kühle Getränke an. Frauke erinnerte an ihre gemeinsamen Urlaubsfahrten. »Diese alten Geschichten«, entfuhr es Pfeifer. Frauke machte drei Schritte von ihm weg und sah ihn fast entsetzt an. Pfeifer wendete sich ab und schlenderte hinunter zum Fluss.

Dort wimmelte es von Tretbooten, die mit kleinen roten Laternen ausgestattet waren, von Motorbooten, die den Neckar hinauf- und hinunterfuhren, mal langsam, mit tuckerndem Motorengeräusch, dann plötzlich nach einem kurzen Aufbäumen, mit brüllenden Motoren, eine mächtige Bugwelle vor sich herschiebend, die keilförmig auseinanderlief und die Tretboote zum Schaukeln brachte. Dazwischen trieben gemächlich weiße Passagierdampfer, mit bunten Lichterketten geschmückt. Von ihnen wehten Stimmen herüber, Gelächter und Fetzen von Musik.

Frauke war Pfeifer nachgeeilt. »Es ist unsere gemeinsame Vergangenheit«, rief sie empört. »Vielleicht das Einzige, was wir noch gemeinsam haben.«

Pfeifer schwieg. Ein Motorboot war vorbeigebraust und die Wellen leckten die Steinböschung hinauf. Jetzt schlug das Boot einen Bogen, drosselte unvermittelt den Motor und ließ sich nahe am Ufer treiben. Mannschaft und Passagiere betrachteten die Leute auf der Wiese oder ließen sich von diesen betrachten.

»Und jetzt?«, stotterte Frauke. An ihrem Hals rechts und links rote Flecken. In ihrer Stimme ein leichtes Vibrieren.

Schweigend schlenderten sie über die Neckarwiese zurück Richtung Theodor-Heuss-Brücke, vorbei an Federball, Volleyball und Fußball spielenden Gruppen. Einmal rollte ihnen ein rundes Leder entgegen und drohte in den Neckar zu kullern. Pfeifer stoppte den Ball mit dem Fuß und schlenzte ihn dem Eigentümer, der hinter dem Leder herrannte, entgegen. Sie schlugen einen Bogen um zwei Fahrräder, die, aneinander gelehnt, den Weg versperrten. Die Eigentümer, ein junges Paar, saßen eng umschlungen am Ufer. Manchmal ging Frauke in die Hocke und versuchte einen dieser flaumigen Wasservögel anzulocken, die unweit vor ihren Füßen pickten.

Unter der Brücke stand ein offenes Zelt mit Sitzbänken. Dort saßen ein paar weiß gekleidete, dunkelhäutige Gestalten mit roten Filzkappen auf den Köpfen. Eine beschriebene Tafel lud für drei Euro zum Genuss einer Wasserpfeife ein.

Es dämmerte und die Leute zündeten kleine Laternen an, die sie sich an die Kleidung oder an den Hut steckten. Die Passagierdampfer auf dem Neckar steuerten auf das Ufer zu, drehten bei und machten fest.

Plötzlich ein Böller. Die Detonation löste den ganzen Neckar hinunter ein Raunen aus, dem eine erwartungsvolle Stille folgte. Frauke zog Pfeifer unter der Theodor-Heuss-Brücke hindurch auf der Suche nach einem Platz, von dem aus der Blick auf das Schloss und die Alte Brücke unverstellt war. Zaghaft begann es am Schloss in die wachsende Dämmerung hinein zu flackern. Das Licht griff um sich, tauchte die Ruine in ein Rot, das an die künstliche und transparente Farbe von Zuckerhasen erinnerte und das umso intensiver zu leuchten begann, je mehr sich die Dunkelheit aus dem Neckartal heraus Bahn brach. Rauchschwaden zogen vom Schloss in den Wald. Die Schiffe hatten alle Lichter gelöscht und waren zum Stillstand gekommen. Die winzigen Laternen, die sich viele Menschen am Ufer an ihre

Kleidung geheftet hatten, tanzten wie rote, blaue, grüne und gelbe Glühwürmchen in der wachsenden Dunkelheit. Langsam begann die Leuchtkraft des Schlosses nachzulassen.

Der rote Schein war noch nicht ganz verblasst, da stiegen von der Alten Brücke die ersten Raketen auf, dünne Leuchtspuren, leicht zu übersehen, erst zu entdecken, wenn sie im Zeitraffertempo ihre bizarren Blüten in den dunklen Himmel schleuderten, Blüten, aus denen wieder Blüten wuchsen. Es schneite vom Boden in den Himmel überdimensionale Eiskristalle, die in der Sommernacht schnell wegschmolzen. Es roch, als habe man ein riesiges Streichholz angezündet. Dann ein brennender Wasserfall, der über die Mauern der Alten Brücke in den Neckar stürzte und mit seinem Spiegelbild, das aus der Tiefe des Neckars an die Wasseroberfläche strömte, zusammenstieß. Noch einmal wuchsen Feuerblüten prächtig und in kurzer Folge in den Himmel. Plötzlich war alles dunkel und still. Erst zögerlicher, dann kräftiger Beifall erscholl den ganzen Neckar entlang, vielleicht noch weit in die Rheinebene hinaus. Die Boote auf dem Fluss ließen Lichterketten leuchten und auch in den Räumen unter Deck wurde es hell. Scharen von Menschen setzten sich in Bewegung. Auf beiden Uferstraßen, die bisher im Dunkeln gelegen hatten, gingen die Lichter an. Es bildeten sich Autoschlangen. Vorsichtig schoben sie sich durch den Fußgängerstrom. Auf den Kreuzungen standen Polizisten mit Trillerpfeifen. Vergeblich versuchten sie, mit ihren Armen den Verkehr in Schwung zu bringen.

Die Brücke war für den motorisierten Verkehr gesperrt, was manche Passanten veranlasste, sich auf den Schienen, auf der Fahrbahn oder auf der Bordsteinkante breit zu machen. Manche bildeten Sitzkreise wie vorher auf der Neckarwiese und ließen Bier- und Weinflaschen von Mund zu Mund wandern.

Frauke und Pfeifer bahnten sich ihren Weg zwischen den abziehenden Menschenmassen hindurch Richtung Bismarckplatz. Plötzlich hakte sich Frauke bei Pfeifer unter und fragte: »Sollten wir es nicht noch einmal zusammen versuchen? Um der alten Zeiten willen.«

»Was?«

»Ich meine, wir beide miteinander und zusammen mit Helène?«

»Hast du mir nicht erzählt, dass du dich anderweitig gebunden hast?« Pfeifer versuchte, sich von Frauke zu lösen.

»Daraus wird nichts.« Frauke wollte sich wieder bei ihm einhängen, aber Pfeifer wehrte ab.

»Warum nicht? Habt ihr etwa festgestellt, dass ihr doch nicht zueinander passt?«

»Das ist es nicht«, druckste Frauke. »Vielleicht wäre es tatsächlich gut gegangen.«

»Was ist es dann?«

»Es war Schicksal. Das Schicksal hat uns auseinandergerissen. Für immer.«

»Was soll das heißen?«

»Das heißt, dass Klaus nicht mehr lebt«, wimmerte Frauke. Dann begann sie zu schluchzen, wurde geschüttelt vor Schluchzen.

Plötzlich erinnerte sich Pfeifer an sein letztes Treffen mit ihr im ›Café Schafheutle‹, und Klaus Adam saß wie zufällig ein paar Tische weiter, schien Zeitung zu lesen, war aber offensichtlich von Frauke beauftragt, darüber zu wachen, dass das Treffen mit ihm nicht aus dem Ruder lief. Vor ein paar Wochen hatte er Frauke und Adam im Verkehrsgewühl verschwinden sehen. Nun wusste er, dass er sich nicht getäuscht hatte: Der ironische Zug um Adams Mund, wenn sie sich begegneten. Frauke und Adam hatten ihn nicht nur hintergangen. Sie hatten ihn zum Narren gehalten. Und Adam hatte auch Frauke zum Narren gehalten. Sie hatte wohl tatsächlich geglaubt, dass Adam ernsthafte Absichten hegte.

Pfeifer spürte, wie die Wut in ihm hochkroch. Tausendfach wog sie die Schuldgefühle auf, die ihn seiner Tat wegen plagten. Recht ist ihm geschehen, diesem Casanova, diesem Zyniker. Fast beruhigend empfand er nun die Erinnerung an das bläuliche Gesicht mit den hervorquellenden Augen.

Frauke wollte sich an ihn drücken. »Es ist besser, wenn jeder seinen eigenen Weg geht. Auch jetzt«, entschied Pfeifer und wendete sich brüsk von ihr ab.

XVI.

Pfeifer befestigte den Computerausdruck mit Tesafilm an der Außentür seines Arbeitszimmers: ›Die heutige Sprechstunde wird aus zwingenden terminlichen Gründen verschoben und zwar auf ...‹ Es folgte ein Wochentag, ein Datum und eine Uhrzeit. Nein, zwingende terminliche Gründe hinderten ihn nicht. Es war seine Verfassung. Am liebsten hätte er sich ins Bett gelegt und die Decke über den Kopf gezogen. So weit wollte er seinem Bedürfnis nach Geborgenheit allerdings dann doch nicht nachgeben. Wenn er sich schon nicht auf andere Menschen einlassen wollte, einlassen konnte, dann hielt er es für besser, diesem renitenten Körper wenigstens das abzuverlangen, wozu er noch fähig war: Bewegung.

Pfeifer warf sich in den Mantel und stürmte aus dem Haus. Nachdem er den Marktplatz überquert hatte und in die Steingasse eingebogen war, verlangsamte er seinen Schritt, schlenderte hinauf zur Alten Brücke, wo er einen Augenblick verharrte und in das träge dahinfließende Wasser starrte.

In letzter Zeit war so viel passiert. Erst die Geschichte mit Silke Brehme. Dann der Vorfall mit Adam. Das Gespräch mit Kögel und die Entdeckung, dass seine Frau mit Adam ein Verhältnis gehabt hatte.

Unter dem mittleren Bogen schob sich ein lang gestreckter Kahn durch, der aus dem Neckartal kam. Vorsichtig und mit gedrosselter Fahrt, aber geradlinig, verfolgte er seinen Weg zwischen Tret- und Ruderbooten hindurch.

Wenn er Adam nicht aus anderen Gründen die Schlinge um den Hals gelegt und zugezogen hätte, er würde es jetzt tun, so sehr fühlte er sich durch seinen ehemaligen Kollegen nachträglich erniedrigt.

Dem Kahn kam ein anderer entgegen. Pfeifer bemerkte, dass die Schiffe an den Innenseiten, deutlich sichtbar, blaue Bleche an Vorrichtungen ausfuhren, die auf der Kommandobrücke angebracht waren. Eines der Schiffe ließ ein dumpf-röhrendes Horn ertönen. Vielleicht ein Begrüßungszeichen. Vielleicht auch ein Warnsignal für eines der Segel- oder kleinen Tretboote, das dem Schiff zu nahe kam.

Und Frauke? Nicht nur, dass sie ihn hintergangen hatte. Sie war auf Adam hereingefallen. Wie konnte sie nur so naiv sein. Dieses Verhalten disqualifizierte sie nachträglich als seine Frau. Wenn er sich nicht schon von ihr getrennt hätte, jetzt würde er diesen Schritt vollziehen. So ärgerte ihn höchstens, dass er sich bei der Trennung ihr gegenüber so rücksichtsvoll verhalten hatte. Er war ausgezogen und hatte Frauke die Wohnung mit fast allen Möbeln überlassen. Und Helène. Er hätte bleiben und Frauke hinauswerfen, sie zum Teufel schicken müssen.

Pfeifer schleppte sich schnaufend den steilen, mit Kopfsteinpflaster befestigten und mit Sandsteinmauern gesäumten ›Schlangenweg‹ hinauf. Immer wieder musste er anhalten und sich an die mit Efeu überrankten Mauern lehnen.

Was Kögel anbelangte, hatte sich seine Einschätzung als richtig erwiesen. Noch nie hatte er seinen Chef in einer so unwürdigen Aufgeregtheit erlebt. Die Tat zeitigte die erhofften Früchte. Mit dem endgültigen Ausfall von Adam war er, Pfeifer, plötzlich ein gefragter Mann. Es winkte eine feste Anstellung, vielleicht auch bald die Verbeamtung. Und mit den von Silke Brehme entdeckten und zusammengetragenen Materialien könnte ihm noch ein viel größerer Wurf gelingen.

Er war auf dem Philosophenweg angekommen und schaute hinunter auf die Stadt. Auf einer am Rande des Weges angebrachten Tafel, die einen Merianstich wiedergab, konnte er ihre Form mit der im siebzehnten Jahrhundert vergleichen. Ihm fiel auf, dass der Ort in seinem Kern durchaus noch Ähnlichkeit aufwies. Ähnlichkeit mit der Abbildung bestand natürlich auch bei der Schlossruine am gegenüberliegenden Hang. Auf ihrer Terrasse drängten sich, vom Philosophenweg gut sichtbar, Scharen von Touristen. Aber in die Ebene hinaus, wo Merian Landschaft mit vereinzelten Bauwerken in Kupfer gestochen hatte, ergoss sich nun eine Flut von Häusern.

Jetzt konnte er daran gehen, einen Kreis um sich zu scharen, Kolleginnen und Kollegen, Studentinnen und Studenten, Leute, auf die Verlass wäre, eine Hausmacht. Einen Mitstreiter hatte er bereits gewonnen: Jagdhaus, zwar ein Speichellecker, letztlich aber sind das alle, die bereit sind, sich um eine Person zu versammeln. Er würde nicht alle in seinen Kreis aufnehmen. Jonas Puch auf keinen Fall.

Pfeifer ließ den Blick vom Tal über das Schloss zum Königstuhl hinauf schweifen, wo sich über dunklen Tannen die Masten einer Sendeanlage gegen den Himmel abzeichneten. Dann verließ er die steile Gartenlandschaft des Philosophenwegs und tauchte in den Wald ein, einen Laubwald, die Blätter noch satt grün. Bald würden sie sich verfärben. Er stapfte den steilen Hang hinauf, an der Bismarck-Säule vorbei, die er links liegen ließ. Trotz der Bäume konnte er den Verlauf des Neckars hinaus in die Rheinebene weiterverfolgen, bis hinüber nach Mannheim, das markant mit seinem Fernmeldeturm grüßte. Der Blick ging über die nordbadische Metropole und das jenseits des Rheins liegende Ludwigshafen hinweg und machte an einer Kette von Bergen Halt, die den Horizont verwaschen begrenzte. Pfeifer hielt sich rechts. Ein atemberaubender Anstieg, der an einem altertümlichen Aussichtstürmchen vorläufig endete. Hier hatte er die Geschichte beginnen lassen, die er seinem Therapeuten erzählte. Doktor Mühsam hatte Recht. Aus einem geparkten Auto heraus konnte man nicht auf die Stadt blicken.

Und Silke Brehme? Schade, dass sie seinen Erfolg nicht mehr miterlebte. Noch ein Grund, seine Tat nicht zu bereuen. Damit hatte er auch die Studentin gerächt. Schade nur, dass er die Untat Adams nicht publik machen konnte. Er hätte es verdient, nicht nur einmal gerichtet, sondern mehrfach bestraft zu werden. Was Silke Brehme anbelangte: Andere Studentinnen würden kommen und sich um ihn scharen, wenn er erst einmal berühmt sein würde.

Er überquerte die Fahrstraße, schaute kurz in einen verfallenen Brunnenschacht, der dem Aussichtstürmchen gegenüberlag: das Heidenloch. Dann kehrte er zum Aussichtsturm zurück.

Er balancierte auf den Mauerresten einer mittelalterlichen Kirche und begab sich zur Thingstätte.

Zunächst einmal müsste er die Echtheit der Schiller-Briefe prüfen lassen. Wohin könnte er sich da wenden? Am besten an eine Stelle, die sich mit dem schwäbischen Dichter besonders gut auskannte. Und da kam nur eine in Frage, nämlich das Schiller-Nationalmuseum in Marbach. Gleich morgen würde er dort anrufen und mit einem möglichst kompetenten Mitarbeiter einen Termin vereinbaren.

Pfeifer verzichtete darauf, zur Michaelisbasilika hinaufzulaufen. Er kehrte um und machte sich an den Abstieg.

Im Seminar kam ihm Jagdhaus entgegen, der aufgeregt mit einer Zeitung wedelte. »Haben Sie schon gelesen?«, rief er und entfaltete das Blatt. ›Leiche der vermissten Studentin gefunden‹, prangte auf der ersten Seite. Sofort vertiefte sich Pfeifer in den Text und las, dass die Polizei bei Doktor Adam das Tatwerkzeug entdeckt hatte, einen Hammer, an dem noch Blutspuren auszumachen waren. Mit ziemlicher Sicherheit sei davon auszugehen, dass Silke Brehme damit erschlagen worden war. Außerdem hätten sich im Wagen des Literaturwissenschaftlers DNA-Spuren gefunden, die darauf hinwiesen, dass die Leiche darin transportiert worden sei. Anhand von Erdresten an einem Spaten konnte ein Waldstück in der Nähe von Neckargemünd ermittelt werden. Dort hätten die Ermittler schnell die sterblichen Überreste der Studentin entdeckt und sichergestellt.

»Wer hätte das gedacht.« Jagdhaus schüttelte missbilligend den Kopf. »Ich habe ihn immer für einen Schöngeist gehalten.«

»Dass er für seine Karriere buchstäblich über Leichen geht, hätte auch ich ihm nicht zugetraut«, kommentierte Pfeifer.

XVII.

Das Museum sei wegen umfassender Umbau-Arbeiten geschlossen. Man rüste sich schon für das Schillerjahr 2009. Ja, das hatte man ihm mitgeteilt. Und als er seinen Wagen abgestellt hatte und durch die Parkanlage auf das Gebäude zulief, konnte er feststellen, dass die Vorbereitungen im vollen Gange waren. Auch das große Restaurant zur Linken zeigte sich vollständig eingerüstet und aus dem Inneren schollen schwere Schläge gegen Stein- oder Betonwände und gegen Metall. Rechts, zwischen hohen Platanen, das Schillerdenkmal. Es war ihm, als würde ihn der schwäbische Dichter, der eigentlich nach oben in die Ferne schaut, vom Sockel herab aus seinen Augenwinkeln verstohlen und Hilfe suchend anblicken, als erhoffe er gerade von ihm endlich die Auflösung des Verbrechens, dem er zum Opfer gefallen war. Pfeifer schaute zu ihm empor und tippte bedeutungsvoll auf die schwarze Kollegmappe, die er sich fest unter den Arm geklemmt hatte.

Auch das im Stil des Historismus zu Beginn des 20. Jahrhunderts erstellte Bauwerk mit dem kuppelüberwölbten Mittelteil und den symmetrisch ausladenden Flügeln wurde durch Gerüste verunziert. Auf den Innenseiten der Fenster lagerten dicke Staubschichten. So wurde sein Schritt fast automatisch nach rechts gelenkt, hin zu einem schmucklosen Betonklotz, in dem, wie Pfeifer wusste, das Marbacher Literaturarchiv untergebracht war. Die Frau, die im Foyer hinter einem schlichten Holztisch thronte und den Eingang zur Bibliothek überwachte, war informiert. »Bitte gedulden Sie sich einen Augenblick. Doktor Meiser wird gleich herunterkommen«, teilte sie ihm mit, nachdem sie kurz telefoniert hatte.

Doktor Meiser, ein Mann mittleren Alters, schlank und mit kurz geschnittenem Haar, führte Pfeifer eine Treppe hinauf in sein Arbeitszimmer, von dem man sowohl auf die Platanen des Parks als auch über die hügelige Landschaft rechts und links des

Neckars blicken konnte. Schiller selbst versteckte sich hinter den Bäumen. Dafür machte ein ins Tal platziertes Kraftwerk mit riesigen Schloten auf sich aufmerksam.

Doktor Meiser dirigierte Pfeifer auf einen Stuhl. Pfeifer setzte sich und lehnte die Kollegmappe mit seinen Unterlagen an eines der Beine. Doktor Meiser selbst nahm hinter seinem Schreibtisch Platz, lehnte sich zurück und verschränkte die Hände hinterm Nacken. Pfeifer hatte den Eindruck, der Institutsangestellte könne nur mit Mühe das Bedürfnis unterdrücken, seine Füße auf den Tisch zu legen: »Was kann ich für Sie tun?«

Pfeifer ließ seine Augen kurz über die mit Büchern vollgestellten Regale an den Wänden gleiten, sah Doktor Meiser dann entschlossen an und begann:

»Ich kenne und schätze Sie als einen Wissenschaftler, der sich durch zahlreiche Publikationen auf dem Gebiet der Schiller-Forschung einen Namen gemacht hat. Das ist der Grund, warum ich mich an Sie wende. Ich würde gerne Ihre Meinung einholen zu einem heiklen, aber möglicherweise äußerst spektakulären Sachverhalt.«

Pfeifer spürte die Ungeduld seines Gegenübers und beschloss, seine Einleitung abzukürzen:

»Ich frage Sie nun direkt: Können Sie sich vorstellen, dass Schiller ermordet wurde?«

Doktor Meiser ließ mit einem Ruck die Hände hinter dem Nacken hervorschnellen, beugte sich zum Schreibtisch vor und starrte ihn fast erschrocken an: »Wie kommen Sie denn darauf?«

Nun war es Pfeifer, der sich auf seinem Stuhl zurücklehnen konnte. In der Ferne beobachtete er einen Traktor, der auf einer großen Wiese seine Bahnen zog. Hinter ihm verwandelte sich das bräunliche Grün der vermutlich langen Halme in Graugrün. Die gleichmäßige Bewegung des Arbeitsgeräts entfaltete über die weite Distanz hinweg eine beruhigende Wirkung.

Die Umstände des Todes, führte Pfeifer aus, seien doch sehr ungewöhnlich. Zum Beispiel, dass sich der Dichter noch wenige Tage vorher putzmunter auf einem Fest des Hofes getummelt, dass er noch am Tag, als die ominöse Krankheit ausbrach, eine Theateraufführung besucht habe, dass er nur zwei Tage nach seinem Ableben fast heimlich in einer Art Massengrab verscharrt worden sei, sodass die Öffentlichkeit von seinem Hinscheiden erst erfuhr, als alle Spuren eines möglichen Verbrechens gründlichst beseitigt worden waren.

Doktor Meiser blickte Pfeifer lauernd an: Wer Schiller denn ermordet haben sollte?

»Ich habe Hinweise darauf, dass Goethe, obwohl er öffentlich das Gegenteil beteuerte, ihm nach dem Leben trachtete, weil er in Schiller einen unliebsamen Konkurrenten sah. Schiller selbst hat dieses Spiel durchschaut und in einem Brief angedeutet, dass er sich durch den Dichterfürsten bedroht fühle.«

Doktor Meiser entgegnete mit fast nachsichtiger Ironie: »Soviel ich weiß, lag Goethe in den Tagen, als es mit Schiller zu Ende ging, selbst krank danieder, und zwar mit einer schweren Gürtelrose. Wie soll er die Tat dann ausgeführt haben?«

Pfeifer schaute hinüber zu den alten Platanen. Schiller tat ihm nicht den Gefallen, hinter dem dichten Blättervorhang hervorzukommen und ihm zur Seite zu springen. Pfeifer musste seine These, vielmehr war es ja die These von Silke Brehme, allein vertreten:

»Natürlich verfügte der Geheimrat in Weimar über genügend Macht und Einfluss, um sich nicht persönlich die Finger schmutzig machen zu müssen. Dafür waren ihm willige Hilfskräfte zu Diensten.«

Wieder traf ihn der lauernde Blick von Doktor Meiser: »Wer sollen diese Hilfskräfte konkret gewesen sein?«

»Schiller selbst hatte den Hofmedikus, Doktor Huschke, im Verdacht. Er mutmaßte, dass dieser ihn über Jahre hinweg systematisch vergiftet habe. Darauf wären auch die immer wieder auftretenden heftigen Leibschmerzen, die der Dichter beklagte, zurückzuführen. Die letzte Attacke müsste dann um den 1. Mai 1805 erfolgt sein. Am Abend des 9. Mai ist er ihnen endgültig erlegen.«

Doktor Meiser schüttelte den Kopf: »Wie Sie wahrscheinlich wissen, gibt es ein Sektionsprotokoll, aufgrund dessen der

Jenaer Internist Professor Wolfgang Veil 150 Jahre später das Krankheitsbild Schillers erstellt hat. Wie Sie wahrscheinlich ebenfalls wissen, führte er die in Schüben wiederkehrenden leidvollen Symptome auf eine falsch behandelte und nicht ausgeheilte Lungenentzündung des Jahres 1791 zurück. Die Diagnose ist zumindest in den wichtigsten Punkten auch heute noch anerkannt. Übrigens: Nach dem Obduktionsbericht von Huschke grenzte es an ein Wunder, dass der Dichter nicht sehr viel früher seinem Leiden erlag. Auch daran möchte ich bei dieser Gelegenheit erinnern.«

»Dieses Sektionsprotokoll könnte gefälscht sein«, beharrte Pfeifer, »zumal es von derselben Person angefertigt wurde, die im Verdacht steht, Schiller im Auftrag Goethes ermordet zu haben.«

»Eine ziemlich abenteuerliche Spekulation.«

»Sie könnte durch die seltsamen Umstände der Bestattung durchaus genährt werden. Der Leichnam eines so berühmten Dichters wird bei Nacht und Nebel und ohne irgendwelche Feierlichkeiten in ein Massengrab geworfen. Liegt da nicht die Vermutung nahe, dass hier Spuren verwischt und weitere Nachforschungen so schnell wie möglich unterbunden werden sollten?«

»Die Art der Beisetzung Schillers entsprach den damaligen Weimarer Gepflogenheiten«, dozierte Doktor Meiser mit Bestimmtheit. »Man muss in Rechnung stellen, dass es sich bei dem, was Sie ›Massengrab‹ nennen, um das ›Landschaftskassengewölbe‹ handelte, eine geräumige Gruft für Beamte, Offiziere und Adlige ohne eigene Erbgrabstätte. Letzteres war bei Schiller der Fall. Seine sterblichen Überreste sollten dem Brauch nach von bezahlten Zunftleuten zu Grabe getragen werden – zu dieser Zeit wäre die Schneiderinnung an der Reihe gewesen und diese hätte die Aufgabe wohl auch durchgeführt, wenn nicht der Kommissionssekretär Carl Leberecht Schwabe, ein großer Verehrer des Dichters, es für richtiger befunden hätte, auf die Schnelle für diesen Ehrendienst ein paar Sargträger aus den akademisch-künstlerischen Kreisen Weimars zusammenzutrommeln. So kam es zu diesem dürftigen, nächtlichen Leichenzug. Die Beisetzungsfeierlichkeiten fanden am nächsten Tag statt.«

»Das klingt in sich alles sehr logisch«, räumte Pfeifer ein. »Dahinter könnte sich aber auch ein verbrecherisches Arrangement verbergen. Denn, was bleibt, ist der schwerwiegende Verdacht Schillers, den er in einem Brief äußert.«

»Von einem solchen Brief ist mir nichts bekannt«, bemerkte Doktor Meiser in einem Ton, der klarstellte, dass ein solches Dokument folglich auch nicht existieren könne.

»Das ist auch schlecht möglich, weil der Brief nicht in die Literaturgeschichte eingegangen ist. Aber ich kann Ihnen das besagte Beweisstück und noch zwei weitere zeigen.« Pfeifer bückte sich und zog aus der Kollegmappe, die er neben seinem Stuhl abgestellt hatte, den DIN-A4-Briefumschlag heraus, der die Kopien der Schillerbriefe enthielt.

Doktor Meiser nahm den Briefumschlag entgegen, blickte erst hinein und zog dann die Seiten heraus. Er beugte sich über den Schreibtisch und begann zu lesen. Pfeifer beobachtete den Traktor in der Ferne, der noch immer seine Bahnen zog.

Nach langer Zeit hob Doktor Meiser den Kopf: »Um herauszufinden, ob die Briefe echt sind, müsste man natürlich die Originale einer genauen Prüfung unterziehen. Mit den heutigen Methoden ließe sich schnell klären, ob das Papier des Originals überhaupt aus der Zeit Schillers oder aus einer späteren stammt. Gleiches gilt für die verwendete Tinte.«

»Ich könnte die Originale beschaffen«, beeilte sich Pfeifer zu beteuern.

»Gemach, gemach.« Doktor Meiser winkte ab. »Auch wenn eine Prüfung der Materialien nahe legen würde, dass sie aus der Zeit Schillers stammten, bestünde noch keine hundertprozentige Sicherheit. Ein raffinierter Fälscher könnte auch hier die jeweilige chemische Zusammensetzung kopieren. Allerdings wäre ein solches Vorgehen mit einem riesigen Aufwand verbunden. Und selbst wenn feststehen würde, dass dies nicht der Fall ist, sondern dass die Materialien tatsächlich aus der Zeit Schillers stammen, wäre dies noch kein endgültiger Beweis für die Echtheit des Dokuments. Bei Schiller besteht immerhin auch die Möglichkeit, dass die Fälschung aus seiner eigenen Zeit stammt. Ich denke aber, dass im vorliegenden Fall auf chemische und physikalische Verfahren verzichtet werden kann. Mir persönlich reicht schon die Schriftprobe der Kopie für eine gültige Bewertung aus.«

Doktor Meiser beugte sich weit über den Schreibtisch und hielt einen der Briefe so, dass auch Pfeifer ihn einsehen konnte. »Wie die Schrift Schillers, zugegeben. Die Neigung nach rechts, die langen Ober- und Unterlängen. Jedoch ...« und er deutete mit dem Zeigefinger auf bestimmte Stellen.

»Wenn ich mir das Ganze so anschaue, fällt mir auf, dass die Schrift zwar der schillerschen ähnelt, aber es gibt auch gravierende Unterschiede. Sehen Sie, hier? Sie hat etwas Zaghaftes, Eckiges, es fehlt ihr der großartige Schwung. So kommt es auch zu regelmäßig wiederkehrenden, von der Handschrift Schillers deutlich abweichenden Zügen der Buchstaben g, G, h, H, z, Z, hier, hier, hier, hier, bei denen sich der untere Bogen zuerst nach rechts, dann erst, ungefähr in der Mitte, mit einer gleichsam erzwungenen Beugung nach links wendet. Dann das St, hier. Schiller pflegte das in einem Zuge zu schreiben, während es hier abgesetzt ist. Andere Merkmale kommen hinzu. Eine Eigentümlichkeit der schillerschen Handschrift besteht darin, dass er sich bei bestimmten Buchstaben, besonders bei p und T die Freiheit herausnimmt, die Form zu wechseln, während der Autor dieser Schrift sklavisch an der Beibehaltung des einmal gewählten grafischen Ausdrucks festhält. Ähnliches lässt sich feststellen, wenn der Name ›Goethe‹ auftaucht. Schiller pflegte ihn oft mit ›ö‹ zu schreiben, also Göthe. Manchmal wechselt er die Schreibweise in einem Brief. Also Göthe und Goethe. Nicht immer, das gebe ich zu. Ich habe darüber einen Artikel veröffentlicht. Ich vertrete die begründete Theorie, dass die unterschiedlichen Schreibweisen keineswegs zufällig sind. Sicherlich hat die Tatsache dazu beigetragen, dass Rechtschreibregeln in der damaligen Zeit noch keine normative Gültigkeit hatten. Interessanter aber ist die Beobachtung, dass Schiller den Namen des Weimarer Dichterfürsten mit ›ö‹ schrieb, wenn sich mit der Erwähnung der Person weniger Wertschätzung, wenn nicht gar ein Hauch von Verachtung verband. In dem vorliegenden Schreiben wäre dies mit Sicherheit der Fall gewesen. Dennoch schreibt der Verfasser den Namen durchgängig mit ›oe‹. Dann sehen Sie hier. In Schillers Handschrift werden die Haarstriche fest diagonal von unten nach oben gezogen. Hier werden die Grundstriche durch unten herum geführte Bogenstriche verbunden. Die Zeilen schillerscher Autographen verlaufen immer waagrecht. Hier aber steigen sie mitunter nach rechts an. Und dann die Unterschrift: Schiller. Der Dichter selbst pflegte seine Briefe nur mit S zu unterzeichnen. Mein abschließendes Urteil: Ich bin zu hundert Prozent sicher, dass es sich bei diesen Briefen um Fälschungen handelt.«

»Dann kann ich die Papiere ja wieder einpacken.« Pfeifer wollte Doktor Meiser die Seiten aus der Hand nehmen. Aber der wehrte ab.

»Warten Sie, warten Sie. All diese Züge der Fälschung sind mir nicht unbekannt. Sie deuten darauf hin, dass es sich um die berühmten Fälschungen des Architekten Georg Heinrich Karl Jakob Victor von Gerstenbergk handeln könnte. Er wurde in einem am 27. und 28. Februar 1886 in Weimar stattfindenden Prozess dieses betrügerischen Vorgehens für schuldig befunden. Insofern handelt es sich bei dem vorliegenden Dokument zwar um eine Fälschung, jedoch um eine berühmte Fälschung. Auch Fälschungen haben einen gewissen Wert, besonders wenn sie eine so berühmte Person betreffen und wenn ihr Verfasser selbst in die Forschungsgeschichte eingegangen ist. Wenn Sie sich davon trennen wollten, ich denke, unser Institut wäre an einem Ankauf durchaus interessiert. Darf ich fragen, woher Sie diese Dokumente haben?«

»Aus Familienbesitz«, log Pfeifer.

»Natürlich müssten wir die Briefe, bevor wir sie erwerben, noch genau begutachten lassen.«

»Ich werde es mir durch den Kopf gehen lassen.«

Pfeifer nahm die Papiere an sich und wollte aufstehen. Doch Doktor Meiser hielt ihn mit einer Geste abermals zurück.

»Seltsam. Vor ein paar Wochen hat mir eine Studentin, übrigens wie Sie aus Heidelberg, die gleichen Fragen gestellt. Vielleicht kennen Sie die Dame. Sie soll, wie ich in der Zeitung gelesen habe, spurlos verschwunden sein.«

Pfeifer spürte, wie ihm das Blut aus dem Kopf wich.

»Ja, ja. Es war eine unserer Studentinnen. Ein Fall, der uns im Augenblick mächtig beschäftigt.«

Doktor Meiser lehnte sich wieder zurück, verschränkte die Hände im Nacken und sah Pfeifer fest an:

»Ich habe der Dame damals auch gesagt, dass die Theorie von der Ermordung Schillers keineswegs neu ist. Sie ist im 19. Jahrhundert immer wieder aufgekeimt und hat im 3. Reich in der sogenannten Ludendorff-Bewegung eine große Rolle gespielt. Möglich auch, dass die gefälschten Briefe aus dieser Zeit und aus dieser Bewegung stammen, angefertigt, um eine These zu untermauern, die so haarsträubende Formen annahm, dass sich selbst führende Funktionäre, wie Goebbels, davon distanzierten. 1936 wurde das von der zweiten Frau Ludendorffs verfasste Buch, in dem sie die Theorie von einer jüdischen Weltverschwörung formulierte, der auch Schiller zum Opfer fiel, verboten. Von einem Brief hat mir die Dame aus Heidelberg allerdings nichts erzählt.«

Pfeifer hatte das Gefühl, in Panik zu geraten. Ihm war klar, dass es ein Fehler gewesen war, sich an diesen Mitarbeiter des Schiller-National-Museums zu wenden. Er war einer Ente aufgesessen, ganz ohne Zweifel. Das war schlimm genug. Schwerer aber wog, dass über das, was er preisgegeben hatte, die Herkunft seiner Quelle leicht zu erschließen war. Entschieden raffte er jetzt seine Unterlagen zusammen und verabschiedete sich schnell. Fluchtartig verließ er das Gebäude.

Als er am Schiller-Denkmal vorbeistürmte, schien ihm der heroische Dichter spöttisch nachzublicken: Wieder einer, der sich mit absurden Theorien um seine Person einen Namen machen wollte und dabei auf die Nase fiel.

XVIII.

Der Rückweg war ihm abgeschnitten, in mehrfacher Hinsicht. Auch der Rückweg von Marbach zur Autobahn. Die Straße, die er gekommen war, wurde in der Gegenrichtung mit einem neuen Belag versehen. Für den Verkehr war sie gesperrt, und Pfeifer wurde umgeleitet über eine Strecke mit vielen Kreuzungen, Abzweigungen und Ampeln. Er hätte sich jetzt konzentrieren müssen. Aber seine Gedanken waren nicht im Zaum zu halten. Sollte er überhaupt nach Hause fahren? Sie werden vielleicht schon in seiner Wohnung auf ihn warten. Der Kommissar wird es sich nicht nehmen lassen, ihm persönlich Handschellen anzulegen. »Nun sind Sie uns doch noch ins Netz gegangen«, wird er triumphieren und hinzufügen: »Herr Pfeifer, ich verhafte Sie wegen des dringenden Verdachts, Doktor Klaus Adam ermordet zu haben.« Seinen Mitarbeitern wird er nach einer kurzen Pause streng befehlen: »Abführen.«

Zwei Beamte werden ihn links und rechts zum Aufzug begleiten. Sie fahren nach unten. Zwei Stockwerke tiefer stoppt die Kabine. Die Tür öffnet sich. Eine Frau blickt sie aus kleinen geröteten Augen erschrocken an. Es ist die Frau, die auf der Rückkehr von ihren nächtlichen Streifzügen drei Meter hinter ihrem Mann herzutrippeln pflegt, die Pfeifer im Supermarkt gelegentlich dabei ertappt, wie sie vor dem Alkoholika-Regal dagegen ankämpft, sich mit Hochprozentigem einzudecken, dort Schlachten schlägt, die sie vermutlich nie gewinnt, und die, als sie ihn im Lift allein angetroffen hatte, über ihn hergefallen war, ihre Arme um seinen Hals geschlungen und ihre Lippen in sein Gesicht gedrückt hatte. Pfeifer stellte sich vor, wie eine Alkoholwolke in die Kabine weht. Schon will die Frau selbst einsteigen, aber die Beamten schieben sie zurück: »Bitte warten Sie einen Augenblick.« Kaum hat sich die Tür geschlossen, wedelt einer der Polizisten mit der Hand vor seiner Nase: »Mein lieber Mann.«

Auf dem Weg vom Hochhaus zur Straße, auf der sie ein Polizeiauto erwartet, kommt ihnen die Frau entgegen, die über ihm wohnt. Mit geschärftem Blick entdeckt sie die Handschellen. »Haben Sie etwas ausgefressen?«, staunt sie, und Pfeifer kann noch, nachdem er von einem der Beamten auf die Polster gedrückt worden war, beobachten, wie sie kopfschüttelnd dem startenden Wagen hinterhersieht.

So weit ist er also gekommen mit seinem Versuch, sich zu befreien. Er hat es nicht einmal geschafft, sich eine Wohnung einzurichten, nicht einmal mit Ikea-Möbeln. Geschweige denn mit einem erlesenen Inventar. Von wegen: Jedes Stück hat seine eigene Geschichte und seine eigene Aura. Ihm droht Gefängnis und damit Endstation. Auf seine Tat, heimtückisch und aus niedrigen Beweggründen, steht ›lebenslänglich‹. Wenn er Glück hat, wird man ihn nach fünfzehn Jahren entlassen. An eine Hochschulkarriere ist dann nicht mehr zu denken. Und alles andere interessiert ihn nicht. Vielleicht, wenn er sich einen guten Anwalt nehmen würde. Nein, er hat die Strafe verdient. Er wird darauf verzichten. Jetzt ist er so weit. Er wird das Feld anderen überlassen. Ingo Jagdhaus zum Beispiel. Der wird seine Chance jetzt nutzen.

Wird Frauke jetzt noch zu ihm zurückkehren wollen? Wohl kaum. Schon gar nicht, wenn sie erfährt, dass er es war, der Adam ins Jenseits befördert hat. Sie wird versuchen, ihre gemeinsame Vergangenheit aus ihrem Gedächtnis zu streichen, die Zeit ihrer ersten Liebe, ihre erste gemeinsame Wohnung, die Souterrain-Wohnung, in die bei Regen Wasser eindrang, in der, wenn er nicht da war, der Hausmeister im Fenster hing und Frauke belästigte und die ihnen, bevor sie auszogen, noch einen deftigen Wasserrohrbruch bescherte. Auch von dieser Rückkehr würde er für immer abgeschnitten sein. Auch von einer späteren Rückkehr zu seiner Tochter. Bei dem, was passiert ist? Was wird sie Helène erzählen? Wahrscheinlich, dass ihr Vater für sehr lange Zeit verreist sei.

Und Kögel? Der wird rotieren, aufgewühlt wird er in seinem Arbeitszimmer auf und ab laufen und sich die toupierten Haare raufen. Wem kann er sich jetzt anvertrauen? Wahrscheinlich Jagdhaus, der ihm in jedem Satz beipflichten wird. Und Kögel wird nicht nur beklagen, dass er nun personell auf dem Schlauch stehe, er wird auch den schlechten Ruf beschwören, den seine Mitarbeiter über das Institut und auch über ihn gebracht haben. »Mord und Totschlag im Literaturwissenschaftlichen Institut und vor allem an meinem Lehrstuhl. Was wirft das für ein Licht auf unsere Arbeitsstätte und auf das Verhältnis zwischen mir und meinen Mitarbeitern.« Das wirke sich auch auf seine wissenschaftliche Reputation aus und bringe ihn um jede Verhandlungsposition, wenn es um die Verteilung der Haushaltsmittel gehe. Darüber hinaus könne die ganze Universität in Verruf geraten. Ja, das könne alle Bemühungen um die Erlangung des Elite-Status mit einem Schlag zunichte machen. Möglicherweise würde seine Tat auch den Bemühungen der Stadt um Anerkennung als Weltkulturerbe den Todesstoß versetzen. Einen Ort, an dem solche Verbrechen passieren, wird man wohl schwerlich in die erlauchte Liste aufnehmen können.

Und während Pfeifer vor einer Ampel steht und auf Grün wartet, stellt er sich vor, wie er durch die Scheiben des Polizeiautos schauen wird. Ein trüber Tag. Seelenlandschaft. Sie fahren um den Römerkreis herum und Pfeifer kann noch einen Blick zum Königstuhl ergattern, der sich im Gipfelbereich in Wolken hüllt. Das Schloss am unteren Teil des Hangs hebt sich kaum vom Hintergrund ab. Keine gute Gelegenheit, um Abschied zu nehmen von der Landschaft, der Stadt und all den Menschen, die sie beleben.

Und er stellt sich vor, wie er auf das Kommissariat gebracht wird. Sie werden ihn in einen kahlen, nur mit einem Schreibtisch und drei Stühlen möblierten Raum führen. Auf dem Schreibtisch befindet sich ein kleiner Kassettenrekorder. Die Polizisten nehmen ihm die Handschellen ab. Der Kommissar, der ihnen mit seinem Adjutanten gefolgt ist, fordert Pfeifer auf, Platz zu nehmen, und deutet auf einen Stuhl am Schreibtisch. Er selbst lässt sich ihm gegenüber und der kahlköpfige

Assistent mit dem Ring im Ohr an der linken Seite des Tischs nieder, dort wo der Kassettenrekorder steht.

Der Kommissar wird das Gespräch eröffnen. »Wundert es Sie, dass wir Sie so schnell ausgemacht haben?«

Pfeifer schüttelt den Kopf. »Ich nehme an, der Mitarbeiter des Schiller-Nationalmuseums war von Anfang an eingeweiht. Wahrscheinlich rief er Sie an, kaum dass ich ihn verlassen habe.«

»Wir wussten aus Dateien, die wir auf dem PC und im Zimmer von Silke Brehme gefunden haben, dass sie eine Arbeit über ›Das Verhältnis Schillers zu Goethe‹ angefertigt hatte, und wir wunderten uns, dass wir diese Arbeit nicht in den Seminarunterlagen von Doktor Adam fanden. Nun hätte es dafür zwar verschiedene Erklärungen gegeben, zum Beispiel auch die Möglichkeit, dass Doktor Adam die Seiten selbst verschwinden ließ. Aber auch die, dass der Mörder von Doktor Adam die Seiten an sich nahm, vielleicht, um das brisante Thema selbst auszuwerten. Dass es sich um ein interessantes Thema handeln könnte, haben wir vermutet. Was lag näher, als das Referat von Frau Brehme auszudrucken und von einem Mitarbeiter des Schiller-Nationalmuseums prüfen zu lassen. Wir haben dort wohl dasselbe erfahren wie Sie, nämlich dass diese These ein alter Hut sei, immer mal wieder aufgetischt, zuletzt im 3. Reich von der zweiten Frau Ludendorffs. Der Schillerspezialist vermutete schon damals, dass es sich bei den Briefen, auf die Frau Brehme ihre These stützte, um Fälschungen handelt. Er brachte uns auf die Idee, darauf zu achten, ob die Arbeit in irgendeiner Form veröffentlicht werde, und versprach uns, von sich hören zu lassen, wenn er davon erfahren würde. So kamen wir auf Sie.«

Pfeifer wird den Blick über die kahlen Wände gleiten lassen. Vielleicht wird er an einer der hohen Wände im oberen Teil einen Streifen aus verblendetem Glas entdecken und vermuten, dass es von der Rückseite her durchsichtig ist. Und er wird sich fragen, ob er von dort aus beobachtet werde.

Vielleicht steht Frauke hinter dem verblendeten Glas und schaut auf ihn herab, neugierig, ob es ihm gelingen werde, in dieser Situation Haltung zu bewahren. Vielleicht auch Jagdhaus und Professor Kögel. Und Pfeifer strafft sich.

Der Kommissar wird sich über die grauen Stoppelhaare streichen und zwischen den Zähnen hervorquetschen. »Wenn Sie gestehen, ersparen Sie uns viele Unannehmlichkeiten.«

Und Pfeifer wird emporschauen zu der verblendeten Glasscheibe und antworten: »Was soll ich gestehen? Sie wissen ja bereits alles.«

So in Gedanken versunken, fand Pfeifer auf die Autobahn. Aus Gewohnheit schaltete er das Radio an. Regionalnachrichten. Mit unterdrückter Euphorie wurde gemeldet, dass die Bewerbung der Heidelberger Universität um die Verleihung des Elitestatus im zweiten Anlauf endlich von Erfolg gekrönt war.

Kurpfalz-Krimis im Wellhöfer Verlag

Band 5
Mörderische Kurpfalz

208 Seiten; 12,80 Euro

Man sollte sich nirgends zu sicher fühlen. Schon gar nicht in der Kurpfalz.

28 Kurzgeschichten bekannter Krimiautoren aus der Region garantieren packende Spannung von der ersten bis zur letzten Seite. Die Schauplätze finden sich allesamt in der Kurpfalz – einer Region, die sich hervorragend als Kulisse für Mordgeschichten eignet, wie die Autorinnen und Autoren meinen. Passen Sie also gut auf sich auf: Denn Mord ist eine ernste Sache. Eine todernste!

„Zehn Autorinnen und Autoren zeigen in ‚Mörderische Kurpfalz', dass sie der Kurzform gewachsen sind. Ob Marlene Bach, Lilo Beil, Marcus Imbsweiler, Walter Landin, Bettina von Cossel, Hubert Bär, Wolfgang Ohler, Claudia Schmid oder Manfred H. Schmitt und Simone Ehrhardt, sie zeigen großes Können und gewaltige Bandbreite. Oberflächlich kommt keine der Storys daher, vielmehr zeigen sie skurril, grotesk, manchmal satirisch, dann wieder einfach verstörend den Blick in die menschlichen Abgründe." *(Rhein-Neckar-Zeitung)*

www.kurpfalz-krimis.de

Kurpfalz-Krimis im Wellhöfer Verlag

Band 4
Mörderische Pfalz

224 Seiten; 12,80 Euro

Lilo Beil, Walter Landin und Wolfgang Ohler haben mit ihren eindringlichen Geschichten und Romanen weit über die Region hinaus Beachtung gefunden.

Ihre packenden Kurzgeschichten in diesem vierten Band der Kurpfalzkrimis fesseln den Leser von der ersten bis zur letzten Seite.

„Gezeigt wird, nicht selten mit einem hintergründigen Humor, manchmal Galgenhumor, dass das Verbrechen vor dem Gemütlichen, dem Feierabend, der Idylle nicht Halt macht und uns auch überrumpeln kann, wenn wir es gerade nicht vermuten. Die Abgründe des braven Bürgers werden sichtbar, auch, dass das Böse im Alltag immer gegenwärtig ist und das Liebliche und Fröhliche seine dunkle Kehrseite hat."
(Aus dem Vorwort von Heinz Georg Bamberger Staatsminister der Justiz des Landes Rheinland-Pfalz)

www.kurpfalz-krimis.de

Kurpfalz-Krimis im Wellhöfer Verlag

Band 1
Walter Landin
Mord im Quadrat

Buch: 196 Seiten; 9,80 Euro
Hörbuch auf 2 CDs: 19,95 Euro

Der Bestseller von Mannheims Erfolgsautor Walter Landin.

„Zauberer des Wortes, der mehrfach ausgezeichnete Mannheimer Krimiautor." (*Mannheimer Morgen*)

„Bekannte Plätze der Mannheimer Innenstadt und einiger Vororte sind Schauplatz der Erzählungen in dem Band ‚Mord im Quadrat' von Walter Landin. Landin ist begeisterter Mannheimer, der auf die Authentizität der Tatorte und des Milieus in seinen Erzählungen großen Wert legt. Wer Mannheim nicht kennt, erfährt in diesen Kriminalerzählungen viel über die Stadt." (*Frankfurter Allgemeine Sonntagszeitung*)

Erhältlich auch als Krimi-Hörbuch, gelesen von den bekannten Schauspielern Bettina Franke und Berthold Toetzke.
Musik: Hans Reffert

www.kurpfalz-krimis.de

Heidelberg-Bücher im Wellhöfer Verlag

Hg.: Johannes Paesler, Ulrich Wellhöfer
Fotos: Carsten Büll
Heidelberger Menschen und Emotionen

224 Seiten, 80 Fotos; 16,80 Euro

Dieses Buch will in erster Linie ein Lebensgefühl einfangen, die Stimmung von Menschen, in die sie geraten, wenn sie ihre Heimatstadt Heidelberg vor Augen haben. Der individuelle Blick von etwa 100 Heidelbergerinnen und Heidelbergern ergibt eine Schau auf die Stadt, von der sich viele Besucher aus der ganzen Welt ein Bild machen – selbst wenn sie nur wenige Stunden eines einzigen Tages hier zugebracht haben. Heidelberg erscheint vielen Touristen als Traumstadt. Die Einheimischen in diesem Buch erzählen, warum sie diese Einschätzung oft teilen. Natürlich ebenso, wo sie an Heidelberg leiden. Neben all dem Unterschiedlichen wird man in diesem Buch einen Grundtenor finden, der bei einer Vielzahl von Stellungnahmen über Heidelberg ähnlich ist: etwas, das Viele „Flair“ nennen, das an Romantik erinnert, das mit Schönheit zu tun hat und tiefe Gefühle weckt. Die Beiträge in diesem Buch zeigen schlaglichtartig Heidelberger Lebensgeschichten. Man erkennt sehr genau, wie bestimmte Orte, die Geschichte, aber auch immer und besonders die liebenswerten bekannten und unbekannten Leute, die hier leben, bei Mitmenschen etwas auslösen, das ihr Handeln und Empfinden prägt. Dieses Buch erzählt somit auch, wie Menschen die Gestaltung einer Stadt beeinflussen und wie die Stadt auf ihre Bewohner und ihr Leben wirkt. Das kann besinnlich stimmen, manchen dankbar machen, einige zum Widerspruch reizen. Auf jeden Fall ist es spannend zu lesen.